사랑하는 이에게
전하고픈 **명언**

지혜의 샘 시리즈 ①

사랑하는 이에게 전하고픈 명언

원혜정 엮음

매월당
MAEWOLDANG

지친 일상에서
빛과 힘이 되어주는 명언

언제부턴가 인생보다 일상이 더 버겁고, 살아온 날도 기적이며 살아갈 날 또한 기적이라며 하루하루 살아내는 것이 결코 만만하지 않음을 온몸으로 느끼며 사는 우리들에게, 희망을 노래하고 때로는 느슨해진 마음에 힘과 용기를 주는 말들이 있다. 이러한 말들은 긴 여정의 인생을 살아가면서 수많은 선택의 갈림길에 서 있을 때 인생의 나아갈 방향을 제시해 주고 인격 형성의 밑거름이 되어, 올바른 선택을 하게 해주고 주변의 온갖 것들로 인해 받은 마음의 상처를 치유해 주기도 한다. 이러한 말들을 이름 하여 명언이라 하는데, 명언들 중에서도 특히 오래도록 마음에 남아 긴 여운으로 감동을 줄 만한 것들만 골라 한 권의 책으로 묶었다.

이 책은 노력보다 더 큰 성공을 이루었을 때, 자만에 빠졌을 때, 때론 이루고자 하는 일이 뜻대로 되지 않을 때, 목표에 도달했지만 자신이 원했던 성과에 미치지 못했을 때, 시련에 처했을 때, 사랑하는 이를 하늘나라로 떠나보냈을 때 등등 우리가 세상을 살면서 당면하게 되는 매 순간마다, 흐트러진 자신을 다잡아주고 마음속에 큰 울림으로 다가와 평정심을 되찾게 해줄 것이다.

우리보다 먼저 인생을 올바르고 행복하며 성공적으로 살았던 사람들, 그들은 자신만의 세상을 살아가는 지혜를 터득한 사람들이다. 그러한 지혜는 힘든 삶 속에서 깨달은 것도 있고, 깊은 학문적 통찰을 통한 것일 수도 있으며, 같은 시대 사람들에 대한 애정 어린 관찰에서 나온 것일 수도 있다. 또한 우리에게는 매일매일 수많은 선택을 해야만 하는 과제가 주어져 있는데 그때마다 제대로 된 선택을 할 수 있도록, 각자의 운명에 맞서 당당하게 이겨내고 자신의 인생을 성공으로 이끈 여러 명사들이 깨달은 지혜로운 말 한 마디는 우리가 나아갈 올바른 방향을 제시해 주는 내비게이션과도 같은 역할을 해줄 것이다.

이 책은 바로 이러한 사람들의 스토리이므로 단 한 번뿐인 우리네 인생을 세속적인 의미의 성공이 아닌, 진정 자기 스스로 만족하고 행복을 느낄 수 있도록 도와주는 좋은 친구이자 스승과도 같은 명언들을 통해 자신을 돌아보고, 미래를 계획하며, 인간과 자연을 깊이 사랑하는 마음을 갖기 바란다.

특히 인생의 가장 어렵고도 중요한 시기를 지나는 청소년들에게는 수많은 말보다 단 한 마디의 말이 앞날에 대한 용기와 격려를 북돋아주며, 갈등하고 고민할 때 힘이 되어준다. 평생에 단 한 번뿐인 생을 후회하지 않고 성공적으로 이끌 수 있도록 도와주는 좋은 친구이자 스승과 같은 이 명언들을 통해 자신을 돌아보고, 미래를 계획하며, 인간과 자연을 깊이 사랑하는 행복한 삶을 살기를 바란다.

차 례

1장

진정한 사랑을
깨닫는 지혜

사랑이란 한숨으로 일으켜지는 연기, 맑으면 애인 눈 속에서 번쩍이는 불꽃이요, 흐리면 애인 눈물로 바다가 되네. 그게 사랑 아닌가? 가장 분별 있는 미치광이요, 또한 목을 졸라매는 쓰디쓴 약인가 하면, 생명에 활력을 주는 감로이기도 하네.

— 셰익스피어

셰익스피어(1564~1616)

영국이 낳은 국민시인이며 현재까지 가장 뛰어난 극작가로 손꼽힌다. 오늘날에도 세계 여러 나라에서 그의 작품이 많이 공연되고 있다. 동료 극작가 벤 존슨은 셰익스피어를 일컬어 '한 시대가 아닌 만세를 위한' 작가라고 말할 정도로 뛰어난 시적 상상력, 인간성의 안팎을 넓고 깊게 꿰뚫어보는 통찰력, 놀랄 만큼 풍부한 언어의 구사, 매우 다양한 무대 형상화 솜씨 등에서 그를 따를 사람이 없다.

좋은 사람의 삶은 사소하고, 세상에 알려지지 않았거나 잊혀진 친절과 사랑의 행동들로 대부분 채워진다.

— 윌리엄 워즈워드

돈을 위해 당신의 일을 돕는 사람을 고용하기보다는 그 일을 사랑하는 사람을 고용하라.

- 헨리 데이비드 소로우

헨리 데이비드 소로우(1817~1862)

미국 사상가 겸 문학자. 자연환경뿐만 아니라 사회문제에 대해서도 항상 민감한 반응을 보였다. 멕시코 전쟁에 반대하여 인두세(人頭稅)의 납부를 거절한 죄로 투옥당했으나, 그때 경험을 기초로 쓴 《시민의 반항》은 후에 간디의 운동 등에 커다란 영향을 주었다.

가족이란 당신이 누구 핏줄이냐가 아니라 당신이 누구를 사랑하느냐는 것이다.

- 트레이 파커

트레이 파커(1969~)

아카데미상 후보에 오르고, 에미상을 수상한 미국의 만화영화 제작자, 시나리오 작가, 영화감독, 성우, 배우, 음악가이다. 그는 그의 친구인 맷 스톤과 더불어 《사우스 파크》를 같이 만든 저명한 만화영화 제작자이기도 하다.

민주주의에 대한 사랑은 곧 평등에 대한 사랑이다.

– 샤를 드 몽테스키외

샤를 드 몽테스키외(1689~1755)

계몽주의 시대의 프랑스 정치 사상가이다. 그는 권력 분립론에 관한 명확한 설명으로 유명한데, 이 권력 분립론은 정부에 대한 근대의 논쟁에서 허용되었고, 전 세계 많은 헌법에서 이를 규정하고 있다. 자유주의 입장에서 권력 분립에 의한 법치주의를 제창하였다.

예술과 사랑을 하기에는 인생이 짧다. – 서머싯 몸

서머싯 몸(1874~1965)

파리에서 출생하여 처음에는 킹스 칼리지 런던에서 의학을 공부하였으나, 뒤에 문학으로 전향하였다. 제1·2차 세계대전 때에는 정보기관원으로 활약하였으며, 그 체험을 소설화하기도 하였다. 작품으로는 《인간의 굴레》, 《달과 6펜스》, 《램버스의 라이자》 등의 소설과 《훌륭한 사람들》, 《순환》 등의 희곡이 있다.

사랑하는 사람에게 할 수 있는 가장 나쁜 일은 바로
그들이 할 수 있고 해야 할 일을 대신해 주는 것이다.

– 에이브러햄 링컨

에이브러햄 링컨(1809~1865)

미국의 제16대 대통령. 남북전쟁에서 북군을 지도하여 점진적인 노예 해방을
이루었다. 대통령에 재선되었으나 이듬해 암살당하였다. 게티즈버그에서 한
연설 중 유명한 '국민에 의한, 국민을 위한, 국민의 정부'라는 불멸의 말을 남
겼다.

우리는 사랑하는 친구들에 의해서만 알려진다.

– 셰익스피어

셰익스피어(1564~1616)

영국이 낳은 국민시인이며 현재까지 가장 뛰어난 극작가로 손꼽힌다. 오늘날
에도 세계 여러 나라에서 그의 작품이 많이 공연되고 있다. 동료 극작가 벤
존슨은 셰익스피어를 일컬어 '한 시대가 아닌 만세를 위한' 작가라고 말할
정도로 뛰어난 시적 상상력, 인간성의 안팎을 넓고 깊게 꿰뚫어보는 통찰력,
놀랄 만큼 풍부한 언어의 구사, 매우 다양한 무대 형상화 솜씨 등에서 그를
따를 사람이 없다.

다른 사람들을 평가한다면 그들을 사랑할 시간이 없다.
                                              – 마더 테레사

기쁨은 기도이다. 기쁨은 힘이다. 기쁨은 사랑이다. 기쁨은 영혼을 붙잡을 수 있는 사랑의 그물이다.

                                              – 마더 테레사

가장 끔찍한 빈곤은 외로움과 사랑 받지 못한다는 느낌이다.
                                              – 마더 테레사

마더 테레사(1910~1997)
유고슬라비아의 알바니아계 가정에서 태어나 1928년 로레토 수녀원에 들어갔다. 인도 콜카타에서 평생을 가난하고 병든 사람을 위해 봉사했다. '사랑의 선교수사회'를 설립했으며 1979년 노벨 평화상을 받았다.

이별의 아픔 속에서만 사랑의 깊이를 알게 된다.

                                              – 조지 앨리엇

사랑, 돈, 명성보다는 진실을 내게 달라.

– 헨리 데이비드 소로우

헨리 데이비드 소로우(1817~1862)
미국 사상가 겸 문학자. 자연환경뿐만 아니라 사회문제에 대해서도 항상 민감한 반응을 보였다. 멕시코 전쟁에 반대하여 인두세(人頭稅)의 납부를 거절한 죄로 투옥당했으나, 그때 경험을 기초로 쓴 《시민의 반항》은 후에 간디의 운동 등에 커다란 영향을 주었다.

세상을 자신의 몸처럼 사랑하는 사람에게는 제국을 맡길 수 있다.

– 노자

노자(?~?)
중국 고대의 철학자, 도가의 창시자. 주나라의 쇠퇴를 한탄하고 은퇴할 것을 결심한 후 서방으로 떠났다. 그 도중 관문지기의 요청으로 상하 2편의 책을 써주었다고 한다. 이것을 《노자》라고 하며 《도덕경》이라고도 하는데, 도가 사상의 효시로 일컬어진다.

함께 있을 때 웃음이 나오지 않는 사람과는 결코 진정한 사랑에 빠질 수 없다.

– 아그네스 리플라이어

희망만이 인생을 유일하게 사랑하는 것이다.

– 앙리 프레데릭 아미엘

앙리 프레데릭 아미엘(1821~1881)
스위스 프랑스계 문학자이자 철학자로 제네바 대학교에서 철학교수를 지냈다.
그가 죽은 후 1만 7,000페이지에 달하는 그의 일기가 《아미엘의 일기》로 출
판되어 유명해졌다.

**아버지는 나에게 일을 하라고 가르치셨지만, 그 일
을 사랑하라고 가르치지는 않았다.**

– 에이브러햄 링컨

에이브러햄 링컨(1809~1865)
미국의 제16대 대통령. 남북전쟁에서 북군을 지도하여 점진적인 노예 해방을
이루었다. 대통령에 재선되었으나 이듬해 암살당하였다. 게티즈버그에서 한
연설 중 유명한 '국민에 의한, 국민을 위한, 국민의 정부'라는 불멸의 말을 남
겼다.

**행복은 다른 도시에 서로 사랑하고 돌봐주며 친밀한
대가족을 두는 것이다.**

– 조지 번즈

아, 이 사랑의 봄은 사월 어느 날의 변덕스런 영광을 닮았구나!

– 셰익스피어

셰익스피어(1564~1616)

영국이 낳은 국민시인이며 현재까지 가장 뛰어난 극작가로 손꼽힌다. 오늘날에도 세계 여러 나라에서 그의 작품이 많이 공연되고 있다. 동료 극작가 벤 존슨은 셰익스피어를 일컬어 '한 시대가 아닌 만세를 위한' 작가라고 말할 정도로 뛰어난 시적 상상력, 인간성의 안팎을 넓고 깊게 꿰뚫어보는 통찰력, 놀랄 만큼 풍부한 언어의 구사, 매우 다양한 무대 형상화 솜씨 등에서 그를 따를 사람이 없다.

어린 아이들을 고통 받게 놔두는 한, 이 세상에 참된 사랑은 없다.

– 이사도라 던컨

이사도라 던컨(1877~1927)

최초로 창작무용을 창조적 예술의 수준으로 끌어올린 미국 무용가. 독일에서 활동했으며 러시아에서 젊은 세대에 큰 영향을 끼쳤다. 즉흥적이고 체계가 없는 무용으로 계승되지는 못했으나, 20세기 모던댄스의 시조로 추측된다.

우리는 힘보다는 인내심으로 더 많은 일을 이룰 수 있다.

– 에드먼드 버크

네 모습 그대로 미움 받는 것이 너 아닌 다른 모습으로 사랑 받는 것보다 낫다.   – 앙드레 지드

앙드레 지드(1869~1951)
문학의 여러 가능성을 실험한 프랑스 소설가. 《신 프랑스 평론》 지 주간의 한 사람으로서 프랑스 문단에 새로운 기풍을 불어넣어 20세기 문학의 진전에 지대한 공헌을 하였으며 《사전꾼들》 발표를 통해 현대소설에 자극을 줬다. 주요 저서에는 《좁은 문》 등이 있으며 노벨 문학상을 수상했다.

선물로 친구를 사지 마라. 선물을 주지 않으면 그 친구의 사랑도 끝날 것이다.   – 토마스 풀러

격동은 생명력이다. 기회이다. 격동을 사랑하고, 변화를 위해 사용하자.   – 램지 클라크

키스해 주는 어머니도 있고 꾸중하는 어머니도 있지
만 사랑하기는 마찬가지이다.

- 펄 벅

펄 벅(1892~1973)

미국 소설가. 장편 처녀작 《동풍·서풍》을 비롯해 빈농으로부터 입신하여 대
지주가 되는 왕룽을 중심으로 그 처와 아들들 일가의 역사를 그린 장편 《대
지》 등이 대표 작품이다. 또 미국의 여류작가로서는 처음으로 노벨문학상이
《대지》 3부작에 수여되었다.

내가 계속할 수 있었던 유일한 이유는 내가 하는 일
을 사랑했기 때문이라 확신한다. 여러분도 사랑하는
일을 찾아야 한다. 당신이 사랑하는 사람을 찾아야
하듯 일 또한 마찬가지이다.

- 스티브 잡스

스티브 잡스(1955~2011)

애플의 CEO로 현재 컴퓨터 산업과 엔터테인먼트 산업의 중요한 인물 가운데
한 사람이다. 애플 2를 통해 개인용 컴퓨터를 대중화하였으며 새로운 개념의
운영체제를 개발했다.

비폭력은 인류가 활용할 수 있는 가장 강력한 힘이다.

– 마하트마 간디

마하트마 간디(1869~1948)

인도의 민족운동 지도자이자 인도 건국의 아버지이다. 남아프리카에서의 인종 차별에 대한 투쟁으로 유명해졌으며 제1차 세계대전 이후 영국에 대해 반영·비협력 운동 등의 비폭력 저항을 전개하였다.

순간을 사랑하라. 그러면 그 순간의 에너지가 모든 경계를 넘어 퍼져나갈 것이다.

– 코리타 켄트

내 신체에 감사하는 것이 자신을 더 사랑하는 열쇠임을 비로소 깨달았다.

– 오프라 윈프리

오프라 윈프리(1954~)

미국의 유명한 방송인으로, 본인의 이름을 내건 '오프라 윈프리 쇼'는 세계적으로 유명한 프로그램이다. 친숙한 고백적 형태의 미디어 커뮤니케이션을 만들어낸 것에 신용을 얻으면서 그녀는 토크쇼 장르를 대중화 시키고 큰 변화를 일으켰다.

성공적인 결혼은 늘 똑같은 사람과 여러 번 사랑에
빠지는 것을 필요로 한다.　　　　　 – 미뇽 머클로플린

세상에는 두 종류의 학자가 있는데, 사상을 사랑하는
학자와 사상을 혐오하는 학자이다.　　 – 에밀 샤르티에

에밀 샤르티에(1868~1951)
프랑스의 철학자이자 평론가이며, 필명인 알랭(Alain)으로 널리 알려져 있다.
엄격한 종교 교육을 받았으나 신을 믿지 않았다. 그는 '잘 판단하는 것이 잘
행동하는 것이.'라고 하여 이성을 높이 평가하였으며, 기성체제에 대한 불
신과 회의적인 태도는 현대의 소크라테스 내지는 몽테뉴라 불릴 만하다.

남의 말을 경청하는 사람은 어디서나 사랑 받을 뿐
아니라 시간이 흐르면 지식을 얻게 된다. – 윌슨 미즈너

돈은 사랑의 핏줄이자 전쟁의 핏줄.　　　　 – 토마스 풀러

지식인이라면 적을 사랑할 수 있을 뿐 아니라 친구를
미워할 수도 있어야 한다.　　　　　　　　　　　– 니체

니체(1844~1900)
실존 철학의 선구자로 강자의 군주 도덕을 찬미하였으며, 그 구현자를 초인
(超人)이라 명명하였다. 근대의 극복을 위하여 '신은 죽었다.'고 선언하고, 피
안적인 것에 대신하여 차안적인 것을 본질로 하는 생을 주장하는 허무주의에
의하여 모든 것의 가치 전환을 시도하였다. 저서에 《비극의 탄생》, 《차라투스
트라는 이렇게 말했다》 등이 있다.

우리가 부모가 되었을 때 비로소 부모가 베푸는 사랑
의 고마움이 어떤 것인지 절실히 깨달을 수 있다.

　　　　　　　　　　　　　　　　– 헨리 워드 비처

지식은 사랑이요, 빛이며, 통찰력이다.　　– 헬렌 켈러

헬렌 켈러(1880~1960)
시각과 청각 장애가 있는 미국의 작가 겸 활동가 겸 교육가이다. 헬렌은 진보
적 사회운동을 실천한 사회주의 지식인이었다.

어머니가 아버지보다 자식을 더 사랑하는 이유는 아이가 자기 자식임을 더 확신하기 때문이다.

– 아리스토텔레스

아리스토텔레스(BC 384~BC 322)
고대 그리스의 철학자로 플라톤의 제자이다. 플라톤이 초감각적인 이데아의 세계를 존중한 것에 대해 아리스토텔레스는 자연물을 존중하고 이를 지배하는 원인들의 인식을 구하는 현실주의 입장을 취하였다.

노력으로 흘린 땀은 드러나지 않는다. 신들에게 사랑 받는다고 보이는 편이 훨씬 품위 있다.

– 맥신 홍 킹스턴

자유를 사랑하는 것은 타인을 사랑하는 것이다. 권력을 사랑하는 것은 자신을 사랑하는 것이다.

– 윌리엄 해즐릿

이 사랑의 꽃봉오리는 여름날 바람에 마냥 부풀었다가, 다음 만날 때엔 예쁘게 꽃필 것이다.　－ 셰익스피어

셰익스피어(1564~1616)
영국이 낳은 국민시인이며 현재까지 가장 뛰어난 극작가로 손꼽힌다. 오늘날에도 세계 여러 나라에서 그의 작품이 많이 공연되고 있다. 동료 극작가 벤존슨은 셰익스피어를 일컬어 '한 시대가 아닌 만세를 위한' 작가라고 말할 정도로 뛰어난 시적 상상력, 인간성의 안팎을 넓고 깊게 꿰뚫어보는 통찰력, 놀랄 만큼 풍부한 언어의 구사, 매우 다양한 무대 형상화 솜씨 등에서 그를 따를 사람이 없다.

그대는 인생을 사랑하는가? 그렇다면 시간을 낭비하지 말라. 시간이야말로 인생을 형성하는 재료이기 때문이다.
　　　　　　　　　　　　　　　　　　　　　　－ 벤저민 프랭클린

벤저민 프랭클린(1706~1790)
미국의 과학자이자 정치가. 미국 '건국의 아버지' 중 한 명이자 미국의 초대 정치인 중 한 명이다. 그는 특별한 공식적 지위에 오르지는 않았지만 프랑스군과의 동맹에 있어 중요한 역할을 해, 미국 독립에 중추적인 역할을 했다.

인간은 욕망을 잃어서는 안 된다. 욕망은 창의성, 사랑, 그리고 장수를 촉진하는 강력한 강장제이다.

– 알렉산더 A. 보고몰레츠

아이들은 부모를 사랑함으로써 출발하고 나이가 들면서 부모를 평가하며 때때로 부모를 용서하기도 한다.

– 오스카 와일드

오스카 와일드(1854~1900)

아일랜드 시인, 소설가 겸 극작가이자 평론가. '예술을 위한 예술'을 표어로 하는 탐미주의를 주창했고 그 지도자가 되었다. 주요 저서에는 미모의 청년 도리언이 쾌락주의의 나날을 보내다 악덕 한계점에 이르러 마침내 파멸한다는 내용을 담은 장편소설《도리언 그레이의 초상》등이 있다.

친구의 사랑보다 더 오래가는 유일한 것은 서로에 대해 더 잘 알지 못하도록 막는 어리석음이다.

– 랜디 K. 멀홀랜드

계절 변화에 관심을 가지는 것이 절망적으로 봄과 사랑에 빠지는 것보다 더 행복한 마음의 상태이다.

— 조지 산타야나

조지 산타야나(1863~1952)
에스파냐 출생의 미국 철학자 겸 시인이자 평론가. 처녀작 《미의 의식》에서는 비판적 실재론을 설명해 T. S. 엘리엇 등에게 영향을 주었다. 이 밖에도 《존재의 영역》, 평론으로 루크레티우스, 단테, 괴테를 논한 《3인의 시인 철학자》, 퓨리터니즘이 미국문화에 끼친 영향을 비판한 《궁지에 선 고상한 전통》 등이 있다.

말이 아니라, 일이 사랑의 증거다.　　　　— 작자 미상

좋은 결혼 생활은 개인의 변화와 성장, 사랑을 표현하는 방식에 있어서의 변화와 성장을 가능하게 해준다.

— 펄 벅

펄 벅(1892~1973)
미국 소설가. 장편 처녀작 《동풍 · 서풍》을 비롯해 빈농으로부터 입신하여 대지주가 되는 왕룽을 중심으로 그 처와 아들들 일가의 역사를 그린 장편 《대지》 등이 대표 작품이다. 또 미국의 여류작가로서는 처음으로 노벨문학상이 《대지》 3부작에 수여되었다.

인류는 불평하고 싶은 욕망을 충족하기 위해 언어를 발명했다.

– 릴리 톰린

분노한 당신은 아름답다! 나는 당신을 가질 것이다. 나의 열정을 본다면 당신의 증오는 사랑으로 바뀔 것이다.

– 존 웨인

존 웨인(1907~1979)

미국 영화배우. 할리우드의 인기 스타로 많은 서부극·전쟁영화에 출연했다. 대학시절부터 연극을 지망하여 1929년 영화계에 발을 들여놓았다. 1939년 《역마차》에 출연하여 스타가 되었다. 감독한 작품으로 《알라모》 등이 있으며, 《진정한 용기》로 1970년도 아카데미 남우주연상을 수상하였다.

과거는 지식의 원천이며, 미래는 희망의 원천이다. 과거에 대한 사랑에는 미래에 대한 믿음이 담겨 있다.

– 스티븐 앰브로즈

사랑이 변해 생긴 증오처럼 맹렬한 것은 하늘 아래 없으며, 또한 경멸 당한 여성의 분노처럼 격렬한 것은 지옥에서조차 없다.

– 윌리엄 콩그리브

내가 좋아하거나 존경하는 사람들의 공통분모는 찾을 수 없지만, 내가 사랑하는 사람들의 공통된 특징은 찾을 수 있다. 그들은 나를 웃게 만든다.

– 오든

오든(1907~1973)

미국 시인. 기법적으로 고대 영시풍의 단음절 낱말을 많이 써서 조롱이 섞인 경시와 모멸을 덧붙인 독특한 스타일을 만들어냈다. 주요 저서에는 《시집》, 《연설자들》 등이 있다.

자식은 우리에게서 얻어간 만큼 베푼다. 이 과정에서 우리는 더 깊게 느끼고, 질문하고, 상처 받으며, 사랑하는 사람이 된다.

– 소니아 타잇츠

여자가 재혼할 때 그것은 첫 남편을 매우 싫어했기 때문이다. 한편 남자가 재혼할 때는 첫 아내를 매우 사랑했기 때문이다.   – 오스카 와일드

오스카 와일드(1854~1900)
아일랜드 시인, 소설가 겸 극작가 이자 평론가. '예술을 위한 예술'을 표어로 하는 탐미주의를 주창했고 그 지도자가 되었다. 주요 저서에는 장편소설 《도리언 그레이의 초상》 등이 있다.

웃음 없는 하루는 낭비한 하루다.   – 찰리 채플린

찰리 채플린(1889~1977)
영국의 영화배우이자 영화 제작자로 명성을 쌓은 사람으로, 영국 런던 램베스에서 출생하여 고아원에서 어린 시절을 보냈다. 대표적인 작품에는 〈키드〉, 〈모던타임즈〉 등이 있다.

지혜로운 자는 사랑하고, 다른 모든 이는 욕망할지니.

    – 아파니우스

돌아가 보라. 당신이 더 어렸을 때 당신을 행복하게 만들었던 것들을 찾아보라. 우리 모두는 다 큰 아이들이다. 그러므로 우리는 돌아가서 자신이 사랑했던 것과 진실이라고 믿었던 것을 찾아봐야 한다.

– 오드리 헵번

성공적인 결혼은 매일 고쳐 지어야 하는 대저택과도 같다.

– 앙드레 모루아

새로운 것의 창조는 지능이 아니라 내적 필요에 의한 놀기 본능을 통해 달성된다. 창의적인 사람은 자신이 사랑하는 것을 가지고 놀기 좋아한다.

– 카를 융

카를 융(1875~1961)
스위스의 정신과 의사. 정신분석의 유효성을 인식하고 연상실험을 창시하여, S. 프로이트가 말하는 억압된 것을 입증하고, '콤플렉스' 라 이름 붙였다. 분석 심리학의 기초를 세우고 성격을 '내향형' 과 '외향형' 으로 나눴다.

성공이 끝은 아니다.
- 윈스턴 처칠

전통을 사랑하는 마음이 국가를 약하게 만든 적은 없었으며 오히려 어려운 시기에는 국가를 강하게 만들었다. 그러나 새로운 시각은 반드시 등장해야 하고, 세계는 진보해야 한다.
- 윈스턴 처칠

윈스턴 처칠(1874~1965)
영국의 정치가 · 저술가. 제1차 세계대전 때 해군 장관 · 군수 장관 · 육군 장관을 지냈으며, 제2차 세계대전 중에 연립내각의 수상이 되어 전쟁을 승리로 이끌었다. 그림과 문필에도 뛰어나 《제2차 세계대전 회고록》으로 1953년 노벨 문학상을 받았다.

모든 부부는 사랑의 기술을 배우듯이 싸움의 기술도 배워야 한다. 좋은 싸움은 객관적이고 정직하며 절대 사악하거나 잔인하지 않다. 좋은 싸움은 건강하고 건설적이며, 결혼 생활에 평등한 파트너 관계라는 원칙을 세워준다.
- 앤 랜더스

명확한 목표는 말의 곁눈 가리개처럼 목표를 가진 이의 시야를 좁게 하기 마련이다. – 로버트 프로스트

로버트 프로스트(1874~1963)
미국의 시인. 농장의 생활 경험을 살려 소박한 농민과 자연을 노래해 현대 미국 시인 중 가장 순수한 고전적 시인으로 꼽힌다. J. F. 케네디 대통령 취임식에 자작시를 낭송하는 등 미국의 계관시인적 존재였고 퓰리처상을 4회 수상했다.

성공의 겉모습만큼 성공하는 것은 없다.

– 크리스토퍼 래쉬

성공의 8할은 일단 출석하는 것이다. – 우디 앨런

우디 앨런(1935~)
미국 코미디 영화감독. 1969년 자신의 각본인 《돈을 갖고 튀어라》, 《사랑과 죽음》 등의 코미디 영화를 만들었다. 어린 시절의 트라우마나 자신의 열등감 등을 중요한 코믹 요소로 승화시켜 웃음 뒤에 페이소스를 느끼게 만드는 특징이 있다.

일하여 얻으라. 그러면 운명의 바퀴를 붙들어 잡은
것이다.

　　　　　　　　　　　　　　　　　　　　　　　　　　　　－ 에머슨

에머슨(1803~1882)

미국 사상가 겸 시인. 자연과의 접촉에서 고독과 희열을 발견하고 자연의 효
용으로서 실리·미·언어·훈련의 4종을 제시했다. 정신을 물질보다도 중시
하고 직관에 의하여 진리를 알고, 자아의 소리와 진리를 깨달으며, 논리적인
모순을 관대히 보는 신비적 이상주의였다. 주요 저서에는 《자연론》, 《대표적
위인론》 등이 있다.

성공은 형편없는 선생이다. 똑똑한 사람들로 하여금
절대 패할 수 없다고 착각하게 만든다.　　　　　－ 빌 게이츠

빌 게이츠(1955~)

미국의 기업가이다. 어렸을 때부터 컴퓨터 프로그램을 만드는 것을 좋아했던
그는 하버드 대학교를 다니다 중퇴하고 폴 앨런과 함께 마이크로소프트를 공
동 설립했다. 두 사람은 앨테어 베이직(Altair Basic) 인터프리터를 고안했으
며, 그 후 새로운 베이직(BASIC) 버전을 개발하여 MS-DOS의 핵심적 프로그
램 언어로 채택했다. 이후 개인용 컴퓨터를 위한 운영 체제인 윈도 95를 발표
하여 대성공을 거두며 세계 최고의 부호로 등극하였다.

사업의 성공은 훈련과 절도, 고된 노력을 필요로 한다. 그러나 이런 것들에 지레 겁먹지만 않으면 성공의 기회는 오늘도 그 어느 때 못지않다.

– 데이비드 록펠러

운은 계획에서 비롯된다.
– 브랜치 리키

브랜치 리키(1881~1965)

혁신적인 메이저리그 베이스볼의 공로자로 1967년 미국 야구 명예의 전당에 헌액되었다. 그는 메이저리그 베이스볼의 인종차별을 무너뜨렸고, 현대 마이너리그 팜 시스템 구조를 만들었으며, 타자 헬멧을 소개한 것으로 잘 알려져 있다.

에너지는 영원한 기쁨이다.
– 블레이크

블레이크(1751~1827)

영국 시인 겸 화가. 신비로운 체험을 시로 표현했다. 작품에는 《결백의 노래》, 《셀의 서(書)》, 《밀턴》 등이 있다. 화가로서 단테 등의 시와 구약성서의 《욥기》 등을 위한 삽화를 남김으로써 천재성도 보이며 활약하기도 했다.

단 1분의 성공이 몇 년의 실패를 보상한다.

— 로버트 브라우닝

로버트 브라우닝(1812~1889)
영국 빅토리아조를 대표하는 시인. 상대방을 의식하면서 독백하는 형식인 극
적 독백의 수법으로 《리포 리피 신부》, 《안드레아 델 사르토》 등의 명작을 남
겼다. 또 2만 행이 넘는 대작 《반지와 책》을 완성했다.

실패하는 것은 곧 성공으로 한 발 더 나아가는 것
이다.

— 메리 케이 애쉬

내가 성공한 것은 최고의 조언에 진심으로 귀 기울인
후 그것에 얽매이지 않고 정반대를 행한 덕이다.

— 체스터턴

체스터턴(1874~1936)
영국 언론인 겸 소설가. 보어전쟁에서의 국책비평 후기 빅토리아 왕조의 데카
당스 진상 규명 등에서 보여준 그의 통렬한 역설은 가히 '역설의 거장' 다운
면모가 있다. 주요 저서에는 《브라운 신부의 천진함》 등이 있다.

사람은 실패가 아니라 성공하기 위해 태어난다.

– 헨리 데이비드 소로우

헨리 데이비드 소로우(1817~1862)

미국 사상가 겸 문학자. 자연환경뿐만 아니라 사회문제에 대해서도 항상 민감한 반응을 보였다. 멕시코 전쟁에 반대하여 인두세(人頭稅)의 납부를 거절한 죄로 투옥당했으나, 그때 경험을 기초로 쓴 《시민의 반항》은 후에 간디의 운동 등에 커다란 영향을 주었다.

무언가를 위해 목숨을 버릴 각오가 되어 있지 않는
한 그것이 삶의 목표라는 어떤 확신도 가질 수 없다.

– 체 게바라

체 게바라(1928~1967)

아르헨티나 출생의 쿠바 정치가·혁명가. 멕시코에 머무르면서 쿠바혁명에 참가하였다. 볼리비아 산악지대에서 게릴라 부대를 조직하여 활동하다 붙잡혀 총살당했다.

기회를 찾아야 기회를 만든다.

– 패티 헨슨

성공이 그렇게 달콤한 것은 결코 성공하지 못한 사람들이 있기 때문이다.

— 에밀리 디킨슨

에밀리 디킨슨(1830~1886)
미국 시인. 자연과 사랑 외에도 청교도주의를 배경으로 한 죽음과 영원 등의 주제를 많이 다루었다. 같은 시대의 영국의 여류시인 C. C. 로제티와 유사한 점도 있으나, 디킨슨의 시가 훨씬 더 경질적인 요소를 지니고 있어, 19세기 낭만파의 시풍보다도 17세기의 메타피지컬 포엣(metaphysical poet)의 시풍에 가까웠다.

성공한 사람이 될 수 있는데 왜 평범한 이에 머무르려 하는가?

— 베르톨트 브레히트

베르톨트 브레히트(1898~1956)
독일의 시인이자 극작가. 제1차 세계대전 중에 위생병으로 육군병원에서 근무하였다. 반전적이며 비사회적 경향을 보였다. 제대군인의 혁명 체험의 좌절을 묘사한 《밤의 북소리》로 클라이스트상을 수상하였다.

성공의 커다란 비결은 결코 지치지 않는 인간으로 인생을 살아가는 것이다.　　　　　　　　　　－ 앨버트 슈바이처

앨버트 슈바이처(1875~1965)
독일의 의사 · 음악가 · 철학자 · 개신교 신학자이자 루터교 목사이다. 슈바이처는 일생 동안 현실에 근거한 보편적 도덕 윤리를 찾고자 하였으며, 또한 이것이 모든 인류에게 전파되게 하고자 노력하였다.

성공은 열심히 노력하며 기다리는 사람에게 찾아온다.　　　　　　　　　　－ 에디슨

에디슨(1847~1931)
미국의 발명가. 특허수가 1,000종을 넘을 정도로 많은 발명을 하였고 특히 중요한 것은 전등의 발명이다. 전구 실험 중에 발견한 '에디슨 효과'는 20세기 들어와 열전자 현상으로서 연구되고, 진공관에 응용되어 전자공업 발달의 바탕이 되었다.

기회는 자기 소개서를 보내지 않는다.　　　　　－ 작자 미상

성공한 사람보다는 가치 있는 사람이 되라.

– 아인슈타인

아인슈타인(1879~1955)

독일 태생의 이론 물리학자. 광양자설, 브라운 운동의 이론, 특수 상대성 이론을 연구하여 1905년 발표하였으며, 1916년 일반 상대성 이론을 발표하였다. 미국의 원자폭탄 연구인 맨해튼 계획의 시초를 이루었으며, 통일장 이론을 더욱 발전시켰다.

계획 없는 목표는 한낱 꿈에 불과하다.　　– 생텍쥐페리

생텍쥐페리(1900~1944)

《어린 왕자》로 유명한 프랑스의 소설가. 진정한 의미의 삶을 각각의 인간 존재가 아니라 사람과 사람의 정신적 유대에서 찾으려 했다. 작품은 《남방 우편기》, 《야간비행》, 《인간의 대지》 등이 있다.

기운과 끈기는 모든 것을 이겨낸다.　　– 벤저민 프랭클린

벤저민 프랭클린(1706~1790)

미국의 과학자이자 정치가. 미국 '건국의 아버지' 중 한 명이자 미국의 초대 정치인 중 한 명이다. 그는 특별한 공식적 지위에 오르지는 않았지만 프랑스 군과의 동맹에 있어 중요한 역할을 해, 미국 독립에 중추적인 역할을 했다.

성공에는 비밀이 없다. 성공한 사람 치고 성공에 대해 말하지 않는 사람을 본 적 있는가?   – 킨 허바드

범죄는 잘못 쏟아 부은 에너지일 뿐이다. – 엠마 골드만

엠마 골드만(1869~1940)
러시아 출생의 미국 무정부주의자로 1916년 산아제한 운동, 1917년 반전활동에 이어 1936년 에스파냐 내란이 일어나자 에스파냐의 무정부주의자를 도와서 활약하였다. 저서에 《러시아에 대한 나의 환멸》 등이 있다.

우리는 자신을 이김으로써 스스로를 향상시킨다. 자신과의 싸움은 반드시 존재하고, 거기에서 이겨야 한다.   – 에드워드 기번

에드워드 기번(1737~1794)
18세기 영국의 역사가. 《로마제국쇠망사》는 2세기부터 1453년 콘스탄티노플의 멸망까지 1300년의 로마 역사를 다룬 것으로, 로마사 중 가장 조직적이고 계몽적이다. 《자서전》도 문학적 가치가 높다.

멈추지 말고 한 가지 목표에 매진하라. 그것이 성공의 비결이다.

– 안나 파블로바

안나 파블로바(1881~1931)

러시아의 발레리나. 마린스키 극장에서 활동하며 유럽 여러 나라에서 공연하였고 무용단을 조직한 후 영국을 본거지로 하여 세계 순회공연을 다녔다.

실패하는 길은 여럿이나 성공하는 길은 오직 하나이다.

– 아리스토텔레스

아리스토텔레스(BC 384~BC 322)

고대 그리스의 철학자로 플라톤의 제자이다. 플라톤이 초감각적인 이데아의 세계를 존중한 것에 대해 아리스토텔레스는 자연물을 존중하고 이를 지배하는 원인들의 인식을 구하는 현실주의 입장을 취하였다.

목표에 도달했을 때 돌아서지 마라.

– 퍼블릴리어스 사이러스

한 사람의 조국은 어디든 그가 번창하는 곳이다.

― 아리스토파네스

아리스토파네스(BC 445?~BC 385?)
고대 그리스의 최대 희극 시인으로 최초의 작품 《연회의 사람들》 이래 시종 신식 철학, 소피스트, 신식 교육, 전쟁과 데마고그(선동 정치가) 등을 비난하고 풍자하였다. 그 밖에 《개구리》, 《복신》 등의 작품에서 일반적인 화제를 다루기도 하였다.

모든 성공은 더 어려운 문제로 가는 입장권을 사는 것일 뿐이다.

― 헨리 키신저

헨리 키신저(1923~)
독일 출신의 미국 정치가이자 정치학자. 하버드 대학 교수를 지냈으며 대통령 보좌관 겸 미국국가안전보장회의 사무국장과 국무장관을 역임하며 세계평화를 위해 노력하여 노벨평화상을 수상하였다. 저서에 《미국의 외교정책》 등이 있다.

완벽함이 아니라 탁월함을 위해서 애써라.

― H. 잭슨 브라운 주니어

'그건 할 수 없어.'라는 말을 들을 때마다 나는 성공이 가까웠음을 안다.

— 마이클 플래틀리

인생에 필요한 것은 무지와 확신뿐이다. 그러면 성공은 확실하다.

— 마크 트웨인

마크 트웨인(1835~1910)
《톰 소여의 모험》을 쓴 미국 소설가. 사회 풍자가로서 남북전쟁 후에 사회 상황을 풍자한 《도금시대》와 에드워드 6세 시대를 배경으로 한 《왕자와 거지》 등을 썼다. 또 미국의 제국주의적 침략을 비판하고 반제국주의, 반전 활동에 열성적으로 참여했다.

나에게 창의성은 안 먹고는 살 수 없는 약과 같다.

— 세실 데밀

세실 데밀(1881~1959)
미국의 영화제작자 · 감독으로서 오늘날 패러마운트의 기초를 쌓았다. '피와 성(性)과 성서'를 영화의 신조로 삼으며 다양한 작품 활동을 하였다. 《어리석은 자의 낙원》 등 예술적인 작품을 만들었으나 《십계》 이후 스펙터클 대작으로 전향하였다.

성공은 대개 그를 좇을 겨를도 없이 바쁜 사람에게 온다.

– 헨리 데이비드 소로우

헨리 데이비드 소로우(1817~1862)

미국 사상가 겸 문학자. 자연환경뿐만 아니라 사회문제에 대해서도 항상 민감한 반응을 보였다. 멕시코 전쟁에 반대하여 인두세(人頭稅)의 납부를 거절한 죄로 투옥당했으나, 그때 경험을 기초로 쓴 《시민의 반항》은 후에 간디의 운동 등에 커다란 영향을 주었다.

성공이란 열정을 잃지 않고 실패를 거듭할 수 있는 능력이다.

– 윈스턴 처칠

연은 순풍이 아니라 역풍에 가장 높이 난다.

– 윈스턴 처칠

윈스턴 처칠(1874~1965)

영국의 정치가 · 저술가. 제1차 세계대전 때 해군 장관 · 군수 장관 · 육군 장관을 지냈으며, 제2 차 세계대전 중에 연립내각의 수상이 되어 전쟁을 승리로 이끌었다. 그림과 문필에도 뛰어나 《제2차 세계대전 회고록》으로 1953년 노벨 문학상을 받았다.

승리는 가장 끈기 있는 자에게 돌아간다.　　– 나폴레옹

시간 자원의 분배 측면에서만 따져 본다면, 종교는
그다지 효율적이지 않다. 일요일 아침에 교회에 가는
대신 할 수 있는 일은 많기 때문이다.　　– 빌 게이츠

빌 게이츠(1955~)
미국의 기업가이다. 어렸을 때부터 컴퓨터 프로그램을 만드는 것을 좋아했던
그는 하버드 대학교를 다니다 중퇴하고 폴 앨런과 함께 마이크로소프트를 공
동 설립했다. 두 사람은 앨테어 베이직(Altair Basic) 인터프리터를 고안했으
며, 그 후 새로운 베이직(BASIC) 버전을 개발하여 MS-DOS의 핵심적 프로그
램 언어로 채택했다. 이후 개인용 컴퓨터를 위한 운영 체제인 윈도 95를 발표
하여 대성공을 거두며 세계 최고의 부호로 등극하였다.

작은 기회로부터 종종 위대한 업적이 시작된다.

　　– 데모스테네스

데모스테네스(BC 384~BC 322)
고대 그리스의 웅변가이며 정치가. 반(反)마케도니아운동의 선두에 서서 힘과
정열을 다한 의회연설로 조국의 분기(奮起)를 촉구하였다. 전해지는 61편의
연설 중 《필리포스 탄핵 제1~제3》 3편을 비롯한 정치연설이 유명하다.

상대의 급소를 공략하면 마음도 사로잡을 수 있다.

– 존 웨인

존 웨인(1907~1979)

미국 영화배우. 할리우드의 인기 스타로 많은 서부극·전쟁영화에 출연했다. 대학시절부터 연극을 지망하여 1929년 영화계에 발을 들여놓았다. 1939년 《역마차》에 출연하여 스타가 되었다. 감독한 작품으로 《알라모》 등이 있으며, 《진정한 용기》로 1970년도 아카데미 남우주연상을 수상히였다.

위대한 사람은 기회가 없다고 원망하지 않는다.

– 에머슨

에머슨(1803~1882)

미국 사상가 겸 시인. 자연과의 접촉에서 고독과 희열을 발견하고 자연의 효용으로서 실리·미·언어·훈련의 4종을 제시했다. 정신을 물질보다도 중시하고 직관에 의하여 진리를 알고, 자아의 소리와 진리를 깨달으며, 논리적인 모순을 관대히 보는 신비적 이상주의였다. 주요 저서에는 《자연론》, 《대표적 위인론》 등이 있다.

성공은 자연 연소의 결과가 아니다. 먼저 자기 자신에게 불을 지펴야 한다.

– 레기 리치

위대한 이들은 목적을 갖고, 그 외의 사람들은 소원을 갖는다.

- 워싱턴 어빙

워싱턴 어빙(1783~1859)

미국 소설가 겸 수필가. 《뉴욕사(史)》를 출간하여 경묘(輕妙)한 풍자와 유머러스한 필치로 일약 유명해졌다. 영국의 전통이나 미국의 전설을 그린 《스케치북》을 출판해 미국 작가로서는 처음 국제적 명성을 얻었다. 주로 전아(典雅)한 문장과 로맨틱한 소재를 고집하였다.

관찰에 있어서는 준비된 자에게만 기회가 온다.

- 루이 파스퇴르

루이 파스퇴르(1822~1895)

프랑스의 화학자 · 미생물학자. 화학 조성 · 결정 구조 · 광학 활성의 관계를 연구하여 입체 화학의 기초를 구축하였다. 발효와 부패에 관한 연구를 시작한 후 젖산발효는 젖산균과 관련해서 일어나며 알코올 발효는 효모균의 생활에 관련해서 일어난다는 것을 발견하였다.

기회는 없어지지 않는다. 당신이 놓친 것은 다른 사람이 잡는다.

- 작자 미상

언제나 현재에 집중할 수 있다면 행복할 것이다.

– 파울로 코엘료

파울로 코엘료(1947~)

브라질의 소설가로 외국에서도 가장 인기 있는 신비주의 작가이며 극작가, 연극연출가, 저널리스트, 대중가요 작사가로도 활동하였다. 대표작은 세계 20여 개 국어로 번역된 《연금술사》를 비롯하여 《피에트라 강가에 앉아 나는 울었노라》 등이 있다.

성공은 종종 실패가 불가피하다는 것을 모르는 사람들에 의해 달성된다.

– 가브리엘 코코 샤넬

가브리엘 코코 샤넬(1883~1971)

프랑스의 복식 디자이너. 간단하고 입기 편한 옷을 모토로 하는 디자인 활동을 시작하여 답답한 속옷이나 장식성이 많은 옷으로부터 여성을 해방하는 실마리를 만들었다. 간단하고 입기 편하며 활동적이고 여성미가 넘치는 샤넬 스타일은, 유행의 변천 속에서도 별로 변함이 없이 오늘날에도 애용된다.

신중하지 않으면 찾아온 기회를 놓치기 일쑤이다.

– 퍼블릴리어스 사이러스

창의성 없는 절약은 결핍이다. – 에이미 다사이크진

창의성의 비밀은 그 원천을 숨길 줄 아는 것이다.

– 아인슈타인

아인슈타인(1879~1955)

독일 태생의 이론 물리학자. 광양자설, 브라운 운동의 이론, 특수 상대성 이론을 연구하여 1905년 발표하였으며, 1916년 일반 상대성 이론을 발표하였다. 미국의 원자폭탄 연구인 맨해튼 계획의 시초를 이루었으며, 통일장 이론을 더욱 발전시켰다.

승리를 적절히 활용하는 방법을 아는 이보다 승리하는 방법을 아는 이가 훨씬 더 많다. – 폴리비오스

폴리비오스(BC 204~BC 125?)

헬레니즘 시대 그리스 역사가. 제1포에니 전쟁에서 BC 144년까지의 로마 역사를 《역사》 40권으로 저술하여, 로마의 세계 지배는 그 국제의 우수성에서 비롯한다고 결론지었다. 정체순환사관과 혼합정체론이 특히 유명하다.

의심으로 가득 찬 마음은 승리로의 여정에 집중할 수
없다.
　　　　　　　　　　　　　　　　　　　　　　　　– 아서 골든

나는 성공의 열쇠는 모른다. 그러나 실패의 열쇠는
모두의 비위를 맞추려 하는 것이다.　　　　　– 빌 코스비

빌 코스비(1937~)
미국의 코미디언·배우·작가·TV 프로듀서·교육자·음악가·행동주의자이
다. 다양한 클럽에서 경력을 쌓은 후 1960년대 액션 쇼 《I Spy》에서 주역으로
정착했다. 그 후 1969년 시트콤 《The Bill Cosby Show》로 이름을 알리게 되었다.

성공이란 중요한 생일이 다가왔는데 당신은 전과 똑
같다는 사실을 발견하는 것과 같다.　　　　– 오드리 헵번

우리의 목적은 성공이 아니라 봉사라야 한다.
　　　　　　　　　　　　　　　　　　　　　　　　– 작자 미상

현명한 자라면 찾아낸 기회보다 더 많은 기회를 만들
것이다. — 프랜시스 베이컨

프랜시스 베이컨(1561~1626)
영국 경험론의 비조이다. 데카르트와 함께 근세 철학의 개척자로 알려진다.
종래의 스콜라적 편견인 '우상'을 배척하고 새로운 과학과 기술의 진보에 어
울리는 새로운 인식 방법을 제창, 실험에 기초한 귀납법적 연구 방법을 주장
했다. 정치가로서 대법관에 취임했으나 수회죄로 실각했다. 저서는 《수상록》,
《학문의 진보》 등이다.

인류를 위해 의미 있는 승리를 거둘 때까지는 죽는
것도 수치다. — 호러스 맨

호러스 맨(1796~1859)
미국의 교육 행정가로 매사추세츠주의회 의원 및 의장을 역임하였고 캘리포
니아주 교육위원회를 창설하여 서기장을 지내며 공교육 행정조직을 확립하였
다. 하원 및 상원위원, 앤티옥대학교의 초대 학장으로도 활약하였다.

덜 약속하고 더 해주어라. — 톰 피터스

사람들이 당신을 내버려두면 삶은 아름다울 것이다.

– 찰리 채플린

찰리 채플린(1889~1977)

영국의 영화배우이자 영화 제작자로 명성을 쌓은 사람으로, 영국 런던 램베스
에서 출생하여 고아원에서 어린 시절을 보냈다. 대표적인 작품에는 〈키드〉,
〈모던타임즈〉 등이 있다.

모든 전사 중 가장 강한 전사는 이 두 가지, 시간과
인내다.

– 톨스토이

톨스토이(1828~1910)

러시아 소설가이자 시인 · 개혁가 · 사상가. 러시아 문학과 정치에 지대한 영
향을 끼쳤다. 도스토옙스키와 함께 19세기 러시아 문학을 대표하는 대문호
이며 주요 작품으로는 《전쟁과 평화》, 《안나 카레니나》 등의 장편소설과 《이
반 일리치의 죽음》, 《바보 이반》 등의 중편소설이 있다.

가장 잠재력 있는 뮤즈는 우리 안에 있는 어린아이다.

– 스티븐 나흐마노비치

무력은 모든 것을 정복하지만, 그 승리는 오래가지
못한다.
– 에이브러햄 링컨

늘 명심하라. 성공하겠다는 너 자신의 결심이 다른
어떤 것보다 중요하다는 것을.
– 에이브러햄 링컨

에이브러햄 링컨(1809~1865)
미국의 제16대 대통령. 남북전쟁에서 북군을 지도하여 점진적인 노예 해방을
이루었다. 대통령에 재선되었으나 이듬해 암살당하였다. 게티즈버그에서 한
연설 중 유명한 '국민에 의한, 국민을 위한, 국민의 정부'라는 불멸의 말을 남
겼다.

당신의 행복은 무엇이 당신의 영혼을 노래하게 하는
가에 따라 결정된다.
– 낸시 설리번

자유롭게 피어나기. 이것이 내가 내린 성공의 정의다.
– 게리 스펜스

당신은 움츠리기보다 활짝 피어나도록 만들어진 존재이다.

– 오프라 윈프리

나는 미래가 어떻게 전개될지는 모르지만, 누가 그 미래를 결정하는지는 안다.

– 오프라 윈프리

결국 삶이란 여러분이 되고자 했던 완벽한 인격체로 거듭나는 것이다.

– 오프라 윈프리

오프라 윈프리(1954~)

미국의 유명한 방송인으로, 본인의 이름을 내건 '오프라 윈프리 쇼'는 세계적으로 유명한 프로그램이다. 친숙한 고백적 형태의 미디어 커뮤니케이션을 만들어낸 것에 신용을 얻으면서 그녀는 토크쇼 장르를 대중화 시키고 큰 변화를 일으켰다.

남에게 이기는 방법의 하나는 예의범절로 이기는 것이다.

– 조쉬 빌링스

인생에서 실패한 사람 중 다수는 성공을 목전에 두고도 모른 채 포기한 이들이다.

— 에디슨

에디슨 (1847~1931)

미국의 발명가. 특허수가 1,000종을 넘을 정도로 많은 발명을 하였고 특히 중요한 것은 전등의 발명이다. 전구 실험 중에 발견한 '에디슨 효과'는 20세기 들어와 열전자 현상으로서 연구되고, 진공관에 응용되어 전자공업 발달의 바탕이 되었다.

모두에게 전성기가 있지만 어떤 이들의 전성기는 다른 이들보다 더 길다.

— 윈스턴 처칠

윈스턴 처칠(1874~1965)

영국의 정치가 · 저술가. 제1차 세계대전 때 해군 장관 · 군수 장관 · 육군 장관을 지냈으며, 제2차 세계대전 중에 연립내각의 수상이 되어 전쟁을 승리로 이끌었다. 그림과 문필에도 뛰어나 《제2차 세계대전 회고록》으로 1953년 노벨 문학상을 받았다.

이 세상에 보장된 것은 아무것도 없으며 오직 기회만 있을 뿐이다.

– 더글러스 맥아더

더글러스 맥아더(1880~1964)
미국의 군인으로, 제2차 세계대전을 맞이하여 1945년 8월 일본을 항복시키고 일본점령군 최고사령관이 되었다. 6·25전쟁 때는 UN군 최고사령관으로 부임하여 인천상륙작전을 지휘하였다.

인류는 세상을 다른 시각으로 보는 사람들에게 냉담할 수 있다.

– 에릭 A. 번스

승리의 순간은 오로지 그 순간만을 위해 살기에는 너무 짧다.

– 마르티나 나브라틸로바

마르티나 나브라틸로바(1956~)
전 세계 랭킹 1위였던 체코계 미국인 프로 테니스 선수이다. 그녀는 그랜드 슬램 단식에서 18회, 복식에서 31회(역대 최대 기록), 그리고 혼합 복식에서 10회 우승하였다. 특히 윔블던 단식 결승에는 총 12회 진출하였으며, 9회 우승하였으며 단식, 복식, 혼합 복식에서 모두 커리어 그랜드 슬램을 달성한 역대 3명의 여자 선수들 중 한 명이다.

세상은 고통으로 가득하지만, 그것을 극복하는 사람들로도 가득하다.　　　　　　　　　　　－ 헬렌 켈러

희망은 볼 수 없는 것을 보고, 만져질 수 없는 것을 느끼며, 불가능한 것을 이룬다.　　　　　　－ 헬렌 켈러

헬렌 켈러(1880~1960)
시각과 청각 장애가 있는 미국의 작가 겸 활동가 겸 교육가이다. 헬렌은 진보적 사회운동을 실천한 사회주의 지식인이었다.

행운은 재미로 어리석은 자를 먼저 찾아가 그들을 요행의 수레에 던질 수 있다.　　　　　　　－ 유베날리스

유베날리스(50?~130?)
고대 로마의 시인. 작품에는 《풍자시집》이 남아 있으며 모두 풍자시로 당시의 부패한 사회상에 대하여 격렬한 분노를 보이고 있다.

내가 목표에 달성한 비밀을 말해 줄게. 나의 강점은
바로 끈기야. — 루이 파스퇴르

루이 파스퇴르(1822~1895)
프랑스의 화학자·미생물학자. 화학 조성·결정 구조·광학 활성의 관계를
연구하여 입체 화학의 기초를 구축하였다. 발효와 부패에 관한 연구를 시작한
후 젖산발효는 젖산균과 관련해서 일어나며 알코올 발효는 효모균의 생활에
관련해서 일어난다는 것을 발견하였다.

질이 양보다 더 중요한데, 한 번의 홈런이 두 번의 2
루타보다 낫다. — 스티브 잡스

스티브 잡스(1955~2011)
애플의 CEO로 현재 컴퓨터 산업과 엔터테인먼트 산업의 중요한 인물 가운데
한 사람이다. 애플 2를 통해 개인용 컴퓨터를 대중화하였다.

나는 앵무새가 말을 하는 유일한 새라는 것을 안다.
그런데 이 새는 그리 높이 날지 못한다. — 윌버 라이트

완벽이 아닌 성공을 목표로 하라. 틀릴 권리를 결코 포기하지 마라. 그러면 살면서 새로운 것을 배워 앞으로 나아갈 능력을 잃기 때문이다. – 데이비드 M. 번즈

인간의 진정한 모습은 술에 취했을 때 드러난다.

– 찰리 채플린

찰리 채플린(1889~1977)
영국의 영화배우이자 영화 제작자로 명성을 쌓은 사람으로, 영국 런던 램베스에서 출생하여 고아원에서 어린 시절을 보냈다. 대표적인 작품에는 〈키드〉, 〈모던타임즈〉 등이 있다.

인생에서 성공하는 이는 꾸준히 목표를 바라보며 한결같이 그를 좇는 사람이다. 그것이 헌신이다.

– 세실 데밀

세실 데밀(1881~1959)
미국의 영화제작자·감독으로서 오늘날 패러마운트의 기초를 쌓았다. '피와 성(性)과 성서'를 영화의 신조로 삼으며 다양한 작품 활동을 하였다. 《어리석은 자의 낙원》 등 예술적인 작품을 만들었으나 《십계》 이후 스펙터클 대작으로 전향하였다.

성공한 사람은 대개 지난번 성취한 것보다 다소 높게, 그러나 과하지 않게 다음 목표를 세운다. 이렇게 꾸준히 자신의 포부를 키워간다.　　　　　－ 커트 르윈

설사 헤어셔츠(종교적인 옷)를 입었다 해도 그것이 육체의 순결을 가져다주는 것은 아니다.　　　　　－ 몽테뉴

몽테뉴(1533~1592)

16세기 후반 프랑스의 광신적인 종교 시민전쟁의 와중에서 종교에 대한 관용을 지지했고, 인간 중심의 도덕을 제창했다. 그러한 견해를 피력하기 위해, 또는 좀 더 정확히는 그러한 견해가 자신에게 무엇을 의미하는가를 밝히기 위해 에세이라는 문학 형식을 만들어냈다. 그의 《수상록》은 인간 정신에 대한 회의주의적 성찰과 라틴 고전에 대한 해박한 교양을 반영하고 있다.

성공만큼 큰 실패는 없다.　　　　　－ 제럴드 내크먼

돈이 다 무슨 소용인가? 사람이 아침에 일어나고 밤에 잠자리에 들며 그 사이에 하고 싶은 일을 한다면 그 사람은 성공한 것이다. — 밥 딜런

밥 딜런(1941~)
미국의 대중음악 가수이며 작사가, 작곡가. 포크송운동에 뛰어들어 공민권운동에서 널리 불리면서 이 운동의 상징적 존재가 되었다. 1965년부터 로큰롤의 요소를 대폭 도입해 음악적인 방향을 전환했다.

로마인들에게 한 번만 더 그런 식으로 이겼다가는 우린 끝이다.(가치보다 훨씬 많은 희생을 치른 승리는 결국 파국을 불러온다.) — 피로스

피로스(BC 319~BC 272)
그리스 북서부 에페이로스의 왕. 마케도니아로부터 에페이로스 독립을 실현시키기 위하여 진력하였다. 마케도니아 왕 데메트리오스와 전쟁을 벌여 마케도니아와 테살리아의 태반을 빼앗았으나 리시마코스에게 격퇴당하였으며 여러 차례 로마군을 격파했다.

물론 성공에 공식이 있는 것은 아니지만 예외가 있으니 바로 인생과 인생이 가져다주는 것을 무조건적으로 받아들이는 것이다.   – 아르투르 루빈스타인

아르투르 루빈스타인(1887~1982)

폴란드 출생의 미국 피아니스트. 모든 곡에서 균형 잡힌 구조 속에서 어택이나 음색에 의하여 선율을 조성했다. 풍부한 음량과 변화가 많은 음색을 갖춘 20세기의 대표적 피아니스트로서, 드뷔시·라벨·프랑크·로보스 등의 작품에 뛰어난 해석을 보였다.

인생에서 성공하려거든 끈기를 죽마고우로, 경험을 현명한 조언자로, 신중을 형님으로, 희망을 수호신으로 삼으라.   – 조지프 애디슨

조지프 애디슨(1672~1719)

영국 수필가 겸 시인이자 정치가. 유명한 문학자 단체 키트캣클럽의 회원으로 활동하기도 했으며 소꼽친구 R. 스틸과 함께 공동 창작한 《드 카바리》라는 작품에서의 시골 신사의 성격 묘사는 영국 근대소설 발전에 커다란 영향을 끼쳤다.

발견은 준비된 사람이 맞닥뜨린 우연이다.

- 앨버트 센트 디외르디

성공하기까지는 항상 실패를 거친다. - 미키 루니

2장

실천을 통해
얻는 지혜

실천이 말보다 낫다. — 벤저민 프랭클린

교육을 받지 않은 천재는 광산 속의 은이나 마찬가지
이다. — 벤저민 프랭클린

벤저민 프랭클린(1706~1790)
미국의 과학자이자 정치가. 미국 '건국의 아버지' 중 한 명이자 미국의 초대
정치인 중 한 명이다. 그는 특별한 공식적 지위에 오르지는 않았지만 프랑스
군과의 동맹에 있어 중요한 역할을 해, 미국 독립에 중추적인 역할을 했다.

모든 성경은 사람이 만들었다. — 에디슨

에디슨(1847~1931)
미국의 발명가. 특허수가 1,000종을 넘을 정도로 많은 발명을 하였고 특히 중
요한 것은 전등의 발명이다. 전구 실험 중에 발견한 '에디슨 효과'는 20세기
들어와 열전자 현상으로서 연구되고, 진공관에 응용되어 전자공업 발달의 바
탕이 되었다.

많은 공부와 지식이 곧 지혜로 연결되는 것은 아니다.

– 헤라클레이토스

헤라클레이토스(BC 540?~BC 480?)
기원전 6세기 말의 고대 그리스 사상가로 소크라테스 이전 시기의 주요 철학자로 꼽힌다. 만물의 근원을 불이라고 주장했으며 대립물의 충돌과 조화, 다원성과 통일성의 긴밀한 관계, 로고스(Logos)에 주목했다.

한 사람에게서 모든 덕을 구하지 말라.

– 공자

공자(BC 552~BC 479)
중국 고대의 사상가, 유교의 시조. 최고의 덕을 인이라고 보았다. 인(仁)에 대한 공자의 가장 대표적인 정의는 '극기복례(克己復禮)' 곧 '자기 자신을 이기고 예에 따르는 삶이 곧 인'이라는 것이다. 그 수양을 위해 부모와 연장자를 공손하게 모시는 효제(孝悌)의 실천을 가르치고, 이를 인의 출발점으로 삼았다.

교육을 무시하는 것은 무지한 사람뿐이다.

– 퍼블릴리어스 사이러스

교육은 노후를 위한 최상의 양식이다.

– 아리스토텔레스

아리스토텔레스(BC 384~BC 322)
고대 그리스의 철학자로 플라톤의 제자이다. 플라톤이 초감각적인 이데아의
세계를 존중한 것에 대해 아리스토텔레스는 자연물을 존중하고 이를 지배하는
원인들의 인식을 구하는 현실주의 입장을 취하였다.

강력한 이유는 강력한 행동을 낳는다.   – 셰익스피어

셰익스피어(1564~1616)
영국이 낳은 국민시인이며 현재까지 가장 뛰어난 극작가로 손꼽힌다. 오늘날
에도 세계 여러 나라에서 그의 작품이 많이 공연되고 있다. 동료 극작가 벤
존슨은 셰익스피어를 일컬어 '한 시대가 아닌 만세를 위한' 작가라고 말할
정도로 뛰어난 시적 상상력, 인간성의 안팎을 넓고 깊게 꿰뚫어보는 통찰력,
놀랄 만큼 풍부한 언어의 구사, 매우 다양한 무대 형상화 솜씨 등에서 그를
따를 사람이 없다.

행동 없는 말은 이상주의를 훼손한다.   – 후버

교육의 위대한 목표는 앎이 아니라 행동이다. – 스펜서

교육의 목적은 인격의 형성이다.　　　　– 스펜서

스펜서(1820~1903)
영국의 철학자·사회학자. 다윈의 진화론에 입각하여 생물학, 심리학, 윤리학을 종합한 철학 체계를 수립하였으며, 사회 유기체설을 주창하고 사회의 발전을 진화론적으로 설명하였다. 저서에 《종합 철학 체계》가 있다.

행동이 비열하고 하찮다면 그 정신이 자랑스럽고 의로울 수 없다. 사람의 행동이야말로 그의 정신이기 때문이다.　　　　– 데모스테네스

데모스테네스(BC 384~BC 322)
고대 그리스의 웅변가이며 정치가. 반(反)마케도니아운동의 선두에 서서 힘과 정열을 다한 의회 연설로 조국의 분기(奮起)를 촉구하였다. 전해지는 61편의 연설 중 《필리포스 탄핵 제1~제3》 3편을 비롯한 정치연설이 유명하다.

할 수 있는 자는 행한다. 할 수 없는 자는 가르친다.

— 조지 버나드 쇼

조지 버나드 쇼(1856~1950)
영국의 극작가 · 소설가. 풍자와 기지로 가득 찬 신랄한 작품을 쓰기로 유명하다. 최대 걸작인 《인간과 초인》을 써서 세계적인 극작가가 되었고, 1925년에 노벨 문학상을 수상하기도 했다. 주요 작품으로는 《인간과 초인》, 《성녀 조앤》, 《시저와 클레오파트라》 등이 있다.

행동의 가치는 그 행동을 끝까지 이루는 데 있다.

— 칭기즈 칸

칭기즈 칸(1155?~1227)
몽골 제국의 건국자. 몽골의 유목 부족을 통일하고, 중국과 중앙아시아, 동유럽 일대를 정복하여 인류 역사에서 가장 넓은 영토를 지닌 몽골 제국의 기초를 쌓았다.

교육이란 똑같은 생각을 찍어내는 국영 공장이다.

— 노먼 더글러스

행동만이 삶에 힘을 주고, 절제만이 삶에 매력을 준다.

– 장 파울 리히터

장 파울 리히터(1763~1825)

독일의 소설가. 독일 문학사상에서 G. E. 레싱이나 괴테와 비견되기도 한다. 그의 문학론의 총결산이라고 할 수 있는 《미학 입문》은 독일 낭만주의 해명에서도 귀중한 문헌이다.

그녀는 교육의 최상의 목적이 최상의 결과에 대해 놀라는 것이 아니라, 최상의 결과를 일상적인 일로 간주하는 것임을 안다.

– 존 메이슨 브라운

교육은 우리 자신의 무지를 점차 발견해 가는 과정이다.

– 윌 듀란트

대학은 아이디어를 얻으러 가는 곳이 아니다.

– 헬렌 켈러

헬렌 켈러(1880~1960)
시각과 청각 장애가 있는 미국의 작가 겸 활동가 겸 교육가이다. 헬렌은 진보적 사회운동을 실천한 사회주의 지식인이었다.

지식을 얻으려면 공부를 해야 하고, 지혜를 얻으려면
관찰을 해야 한다.

– 마릴린 보스 사번트

나는 학교가 나의 교육을 방해하도록 내버려둔 적이
없다.

– 마크 트웨인

마크 트웨인(1835~1910)
《톰 소여의 모험》을 쓴 미국 소설가. 사회 풍자가로서 남북전쟁 후에 사회 상황을 풍자한 《도금시대》와 에드워드 6세 시대를 배경으로 한 《왕자와 거지》등을 썼다. 또 미국의 제국주의적 침략을 비판하고 반제국주의, 반전 활동에 열성적으로 참여했다.

정직과 미덕의 샘이자 근원은 훌륭한 교육에 있다.

– 플루타르코스

자신을 화나게 했던 행동을 다른 이에게 행하지 말라.

– 소크라테스

소크라테스(BC 470~BC 399)

고대 그리스의 철학자. 그때까지의 그리스 철학자들은 우주의 원리를 묻곤 했다. 소크라테스에서 비로소 자신과 자기 근거에 대한 물음이 철학의 주제가되었다. 이런 의미에서 소크라테스는 내면(영혼의 차원) 철학의 시조라 할 수있다.

교육은 더 높은 수준의 편견을 얻는 방법이다.

– 로렌스 J. 피터

교육이 신사를 만들기 시작하고, 대화는 신사를 완성시킨다.

– 토마스 풀러

많이 보고 많이 겪고 많이 공부하는 것은 배움의 세 가지 기둥이다. – 벤저민 디즈라엘리

어느 국가든 그 기초는 젊은이들의 교육이다.

 – 디오게네스 라에르티오스

들은 것은 잊어버리고, 본 것은 기억하며, 직접 해본 것은 이해한다. – 공자

자기 가족을 가르칠 수 없는 자는 남을 가르칠 수 없다. – 공자

공자(BC 552~BC 479)
중국 고대의 사상가, 유교의 시조. 최고의 덕을 인이라고 보았다. 인(仁)에 대한 공자의 가장 대표적인 정의는 '극기복례(克己復禮)' 곧 '자기 자신을 이기고 예에 따르는 삶이 곧 인'이라는 것이다. 그 수양을 위해 부모와 연장자를 공손하게 모시는 효재(孝悌)의 실천을 가르치고, 이를 인의 출발점으로 삼았다.

기술은 하나의 도구에 불과하다. 어린 아이들의 협동심을 고취하고 의욕을 불어넣는 데는 교사가 가장 중요하다.

– 빌 게이츠

빌 게이츠(1955~)

미국의 기업가이다. 어렸을 때부터 컴퓨터 프로그램을 만드는 것을 좋아했던 그는 하버드 대학교를 다니다 중퇴하고 폴 앨런과 함께 마이크로소프트를 공동 설립했다. 두 사람은 앨테어 베이직(Altair Basic) 인터프리터를 고안했으며, 그 후 새로운 베이직(BASIC) 버전을 개발하여 MS-DOS의 핵심적 프로그램 언어로 채택했다. 이후 개인용 컴퓨터를 위한 운영 체제인 윈도 95를 발표하여 대성공을 거두며 세계 최고의 부호로 등극하였다.

교육은 일종의 계속되는 대화이고, 그 대화는 세상일이 보통 그렇듯 여러 가지 관점이 있음을 인정한다.

– 로버트 허친스

자유와 정의 다음으로 중요한 것은 대중 교육인데, 대중 교육 없이는 자유도 정의도 영원히 유지될 수 없다.

– 가필드

종교는 평민을 조용하게 하는데 적격이다.

– 나폴레옹

훌륭한 가르침은 1/4이 준비 과정, 3/4은 현장에서 이루어진다.

– 게일 고드윈

목적 없는 공부는 기억에 해가 될 뿐이며 머릿속에 들어온 어떤 것도 간직하지 못한다.

– 레오나르도 다빈치

레오나르도 다빈치(1452~1519)
르네상스 시대의 이탈리아를 대표하는 천재적 미술가 · 과학자 · 기술자 · 사상가. 15세기 르네상스 미술은 그에 의해 완벽한 완성에 이르렀다고 평가받는다. 조각 · 건축 · 토목 · 수학 · 과학 · 음악에 이르기까지 다양한 방면에 재능을 보였다.

행복한 어린 시절 때문에 많은 사람들이 촉망받는 인생을 망쳤다.

– 로버트슨 데이비스

제자가 계속 제자로만 남는다면 스승에 대한 고약한
보답이다.
– 니체

나는 법을 가르칠 수 없는 자에게는 더 빨리 추락하
는 법을 가르쳐라!
– 니체

옛사람들이 '신을 위해서' 행했던 것을 요즘 사람들
은 돈을 위해서 행한다.
– 니체

니체(1844~1900)

실존 철학의 선구자로 강자의 군주 도덕을 찬미하였으며, 그 구현자를 초인
(超人)이라 명명하였다. 근대의 극복을 위하여 '신은 죽었다.'고 선언하고, 피
안적인 것에 대신하여 차안적인 것을 본질로 하는 생을 주장하는 허무주의에
의하여 모든 것의 가치 전환을 시도하였다. 저서에 《비극의 탄생》, 《차라투스
트라는 이렇게 말했다》 등이 있다.

교육의 목적은 비어 있는 머리를 열려 있는 머리로
바꾸는 것이다.
– 말콤 포브스

이해하려고 노력하는 행동이 미덕의 첫 단계이자 유일한 기본이다. — 스피노자

스피노자(1632~1677)
네덜란드의 철학자. 데카르트 철학에서 결정적 영향을 받았다. '모든 것이 신이다.' 라고 하는 범신론의 사상을 역설하면서도 유물론자·무신론자였다. 그의 신이란 그리스도교적인 인격의 신이 아니고, 신은 즉 자연이었기 때문이다.

교육이 한 인간을 양성하기 시작할 때의 방향이 훗날 그의 삶을 결정할 것이다. — 플라톤

플라톤(BC 427~BC 347)
고대 그리스의 철학자, 형이상학의 수립자. 소크라테스만이 진정한 철학자라고 생각하였다. 영원불변의 개념인 이데아를 통해 존재의 근원을 밝히고자 했다. 그의 작품은 1편을 제외하고 모두가 논제를 둘러싼 철학 논의이므로 《대화편》이라 불린다.

인류의 역사는 점점 더 교육과 재앙 사이의 경쟁이 되고 있다. — H. G. 웰스

젊었을 때 배움을 게을리 한 사람은 과거를 상실하며 미래도 없다.

― 에우리피데스

에우리피데스(BC 484?~BC 406)
고대 그리스의 3대 비극시인의 한 사람으로 사티로스극 《키클롭스》를 비롯한 19편의 작품이 전해진다. 아이러니를 내포한 합리적인 해석과 새로운 극적 수법으로 그리스 비극에 큰 변모를 가져왔다. 주로 인간 정념(情念)의 가공할 작용을 주제로 하였고 특히 여성 심리 묘사에 뛰어났다.

백만 가지 사실을 머릿속에 집어넣고도 여전히 완전히 무지할 수 있다.

― 알렉 본

나는 폭풍이 두렵지 않다. 나의 배로 항해하는 법을 배우고 있으니까.

― 헬렌 켈러

헬렌 켈러(1880~1960)
시각과 청각 장애가 있는 미국의 작가 겸 활동가 겸 교육가이다. 헬렌은 진보적 사회운동을 실천한 사회주의 지식인이었다.

나는 행동이 사람의 생각을 가장 훌륭하게 해석해 준다고 늘 생각해 왔다. — 존 로크

존 로크(1632~1704)
영국의 철학자·정치학자. 영국과 프랑스 계몽주의의 선구자로서 미국 헌법에 정신적 기초를 제공했다. 당시 '새로운 과학' 곧 근대과학을 포함한 인식의 문제를 다룬 《인간 오성론》의 저자로 유명하다.

군자는 말은 어눌해도 행동은 민첩하다. — 공자

배우고 때로 익히면 또한 기쁘지 아니한가! — 공자

공자(BC 552~BC 479)
중국 고대의 사상가, 유교의 시조. 최고의 덕을 인이라고 보았다. 인(仁)에 대한 공자의 가장 대표적인 정의는 '극기복례(克己復禮)' 곧 '자기 자신을 이기고 예에 따르는 삶이 곧 인'이라는 것이다. 그 수양을 위해 부모와 연장자를 공손하게 모시는 효제(孝悌)의 실천을 가르치고, 이를 인의 출발점으로 삼았다.

아이들이 무엇을 할 수 있는지 확인해 보고 싶다면
주는 것을 중단해 보면 된다.　　　　　　　－ 노먼 더글러스

요즘 아이들은 폭군과도 같다. 아이들은 부모에게
대들고, 게걸스럽게 먹으며 스승을 괴롭힌다.

　　　　　　　　　　　　　　　　　　　－ 소크라테스

소크라테스(BC 470~BC 399)
고대 그리스의 철학자. 그때까지의 그리스 철학자들은 우주의 원리를 묻곤 했
다. 소크라테스에서 비로소 자신과 자기 근거에 대한 물음이 철학의 주제가
되었다. 이런 의미에서 소크라테스는 내면(영혼의 차원) 철학의 시조라 할 수
있다.

어떤 분야에서든 유능해지고 성공하기 위해선 세 가
지가 필요하다. 타고난 천성과 공부 그리고 부단한
노력이 그것이다.　　　　　　　　　　－ 헨리 워드 비처

인생에서 가장 위대한 교훈은, 심지어는 바보도 어떨
때는 옳다는 걸 아는 것이다.   – 윈스턴 처칠

개인적으로 나는 언제나 배울 준비가 되어 있지만 가
르침 받는 것을 항상 좋아하는 것은 아니다.

– 윈스턴 처칠

윈스턴 처칠(1874~1965)
영국의 정치가·저술가. 제1차 세계대전 때 해군 장관·군수 장관·육군 장
관을 지냈으며, 제2 차 세계대전 중에 연립내각의 수상이 되어 전쟁을 승리로
이끌었다. 그림과 문필에도 뛰어나 《제2차 세계대전 회고록》으로 1953년 노
벨 문학상을 받았다.

아이들이 답이 있는 질문을 하기 시작하면 그들이 성
장하고 있음을 알 수 있다.   – 존 J. 플롬프

교육은 양날의 칼과 같다. 제대로 다루지 못하면 위
험한 용도로 쓰일 수 있다.   – 우 팅-팡

배움이 없는 자유는 언제나 위험하며 자유가 없는 배움은 언제나 헛된 일이다. — 존 F. 케네디

존 F. 케네디(1917~1963)
미국의 정치가로 제35대 대통령을 지냈다. 소련과 부분적인 핵실험금지조약을 체결하였고 중남미 여러 나라와 '진보를 위한 동맹'을 결성하였으며 평화봉사단을 창설하기도 하였다.

남의 말을 따라 하려면 교육이 필요하다. 그 말에 도전하려면 두뇌가 필요하다. — 메리 페티본 풀

어떤 생각에 동의하지 않고도 그 생각을 해볼 수 있는 것이 교육 받은 사람의 특징이다. — 아리스토텔레스

아리스토텔레스(BC 384~BC 322)
고대 그리스의 철학자로 플라톤의 제자이다. 플라톤이 초감각적인 이데아의 세계를 존중한 것에 대해 아리스토텔레스는 자연물을 존중하고 이를 지배하는 원인들의 인식을 구하는 현실주의 입장을 취하였다.

개인은 천재다. 그러나 군중은 머리 없는 괴수, 거대하고 야수 같은 바보가 되어 시키는 대로 행동한다.

– 찰리 채플린

찰리 채플린(1889~1977)
영국의 영화배우이자 영화 제작자로 명성을 쌓은 사람으로, 영국 런던 램베스에서 출생하여 고아원에서 어린 시절을 보냈다. 대표적인 작품에는 〈키드〉, 〈모던타임즈〉 등이 있다.

가르치고자 하는 사람 하나에 그다지 배우고 싶어 하지 않는 사람이 약 서른 명 정도 있다. – W. C. 셀러

교육이란 화를 내거나 자신감을 잃지 않고도 거의 모든 것에 귀 기울일 수 있는 능력이다. – 로버트 프로스트

로버트 프로스트(1874~1963)
미국의 시인. 농장의 생활 경험을 살려 소박한 농민과 자연을 노래해 현대 미국 시인 중 가장 순수한 고전적 시인으로 꼽힌다. J. F. 케네디 대통령 취임식에 자작시를 낭송하는 등 미국의 계관시인적 존재였고 퓰리처상을 4회 수상했다.

배움이란 일생 동안 알고 있었던 것을 어느 날 갑자기 완전히 새로운 방식으로 이해하는 것이다.

– 도리스 레싱

도리스 레싱(1729~1781)
독일의 극작가 · 비평가. 생애는 부단한 사상 투쟁의 연속이었다. 독일의 계몽 사상가 중에는 그 유례를 볼 수 없는 확고부동한 확신과 명석한 지성의 소유자였다. 독일 근대 시민정신의 기수로 평가된다. 주요 저서로 《라오콘》, 《미나 폰 바른헬름》 등이 있다.

우리가 해야 할 일은 끊임없이 호기심을 갖고 새로운 생각을 시험해 보고 새로운 인상을 받는 것이다.

– 월터 페이터

교육은 읽을 줄 알지만 무엇이 읽을 가치가 있는지는 모르는 수많은 사람을 배출해냈다. – G. M. 트리벨리언

군자는 말하고자 하는 바를 먼저 행하고, 그 후에는 자신이 행함에 따라 말한다.   – 공자

배우기만 하고 생각하지 않으면 얻는 것이 없고, 생각만 하고 배우지 않으면 위태롭다.   – 공자

산을 움직이려 하는 이는 작은 돌을 들어내는 일로 시작한다.   – 공자

공자(BC 552~BC 479)
중국 고대의 사상가, 유교의 시조. 최고의 덕을 인이라고 보았다. 인(仁)에 대한 공자의 가장 대표적인 정의는 '극기복례(克己復禮)' 곧 '자기 자신을 이기고 예에 따르는 삶이 곧 인'이라는 것이다. 그 수양을 위해 부모와 연장자를 공손하게 모시는 효재(孝悌)의 실천을 가르치고, 이를 인의 출발점으로 삼았다.

아버지들은 자신이 대학을 나왔기 때문에, 혹은 자신이 대학을 나오지 않았기 때문에 아들을 대학에 보낸다.   – L. L. 헨더슨

배움은 우연히 얻어지는 것이 아니라 열성을 다해 갈구하고 부지런히 집중해야 얻을 수 있는 것이다.

– 애비게일 애덤스

바보의 뇌는 철학을 바보짓으로, 과학을 미신으로, 예술을 규칙으로 바꾼다. 그것이 대학교육이다.

– 조지 버나드 쇼

조지 버나드 쇼(1856~1950)
영국의 극작가·소설가. 풍자와 기지로 가득 찬 신랄한 작품을 쓰기로 유명하다. 최대 걸작인 《인간과 초인》을 써서 세계적인 극작가가 되었고, 1925년에 노벨 문학상을 수상하기도 했다. 주요 작품으로는 《인간과 초인》, 《성녀 조앤》, 《시저와 클레오파트라》 등이 있다.

나는 내 행동으로 말미암아 삶의 밑바닥까지 왔다. 이 상황을 결코 받아들일 수 없다. 그러므로 나는 내가 해온 일을 멈춰야 한다.

– 앨리스 콜러

모든 인간의 행동은 기회, 천성, 충동, 습관, 이성, 열정, 욕망의 일곱 가지 중 한 가지 이상이 그 원인이 된다.

– 아리스토텔레스

스승은 부모보다 더 존경받아야 한다. 부모는 생명을 준 것뿐이지만 스승은 잘 사는 기술을 주었기 때문이다.

– 아리스토텔레스

아리스토텔레스(BC 384~BC 322)
고대 그리스의 철학자로 플라톤의 제자이다. 플라톤이 초감각적인 이데아의 세계를 존중한 것에 대해 아리스토텔레스는 자연물을 존중하고 이를 지배하는 원인들의 인식을 구하는 현실주의 입장을 취하였다.

미국은 교육의 가치를 믿는다. 그렇기에 평균적 교수 연봉이 전문 운동선수가 무려 1주일에 버는 액수보다 더 많다.

– 에반 에사르

참된 스승은 제자들이 자신의 개인적 영향을 받지 않도록 방어한다.

– 에이모스 브론슨 올코트

칭찬 받는 모습으로 그 사람의 인격을 판단할 수 있다.

– 세네카

세네카(BC 4~AD 65)

이탈리아 고대 로마 제정기의 스토아 철학자. 네로의 과욕에 위태로움을 느낀 나머지 62년 네로에게 간청하여 관직에서 은퇴하였으나, 65년 네로에게 역모를 의심받자 스스로 혈관을 끊고 자살하였다. 스토아주의를 역설했다. 주요 작품으로 《노여움에 대하여》, 《자연학 문제점》 등이 있다.

학생이 되기를 멈춘 자는 한 번도 학생인 적이 없었던 자이다.

– 조르지오 일리스

대학 졸업장은 한 인간이 완성품이라는 증명이 아니라, 인생의 준비가 되었다는 표시이다.

– 말로이

아이들에게 조언하는 가장 좋은 방법은 아이들이 무엇을 원하는지 알아내어 그것을 하라고 조언하는 것임을 알게 되었다.

– 해리 트루먼

너무 소심하고 까다롭게 자신의 행동을 고민하지 말라. 모든 인생은 실험이다. 더 많이 실험할수록 더 나아진다.

– 에머슨

에머슨(1803~1882)

미국 사상가 겸 시인. 자연과의 접촉에서 고독과 희열을 발견하고 자연의 효용으로서 실리·미·언어·훈련의 4종을 제시했다. 정신을 물질보다도 중시하고 직관에 의하여 진리를 알고, 자아의 소리와 진리를 깨달으며, 논리적인 모순을 관대히 보는 신비적 이상주의였다. 주요 저서에는 《자연론》, 《대표적 위인론》 등이 있다.

교육은 더 높은 수준의 편견을 얻는 방법이다. – 피터

우리가 모든 아이들을 최고의 방법으로 교육시키고, 모든 도심 지역을 청소하기 전에는 할 일이 결코 부족하지는 않을 것이다. — 빌 게이츠

빌 게이츠(1955~)
미국의 기업가이다. 어렸을 때부터 컴퓨터 프로그램을 만드는 것을 좋아했던 그는 하버드 대학교를 다니다 중퇴하고 폴 앨런과 함께 마이크로소프트를 공동 설립했다. 두 사람은 앨테어 베이직(Altair Basic) 인터프리터를 고안했으며, 그 후 새로운 베이직(BASIC) 버전을 개발하여 MS-DOS의 핵심적 프로그램 언어로 채택했다. 이후 개인용 컴퓨터를 위한 운영 체제인 윈도 95를 발표하여 대성공을 거두며 세계 최고의 부호로 등극하였다.

교육이라는 기술은 그저 젊은이들의 자연스런 호기심을 깨우는 기술로, 나중에 그 호기심을 충족시키는 것이 목적이다. — 아나톨 프랑스

아나톨 프랑스(1844~1924)
프랑스의 소설가 겸 평론가. 작품 사상으로 지적 회의주의를 지니며 자신까지를 포함한 인간 전체를 경멸하고, 사물을 보는 특이한 눈, 신랄한 풍자, 아름다운 문체를 사용했다. 1892년에 아카데미 회원이 되었으며 1921년 노벨 문학상을 수상했다. 주요 작품에는 《실베스트르 보나르의 죄》 등이 있다.

나는 믿음을 존중하지만 우리를 가르치는 것은 의구심이다.

― 윌슨 미즈너

당신이 어떤 일을 해낼 수 있는지 누군가가 물어보면 대답해라. "물론이죠!" 그 다음 어떻게 그 일을 해낼 수 있을지 부지런히 고민하라.

― 루즈벨트

루즈벨트(1882~1945)
미국 제32대 대통령. 강력한 내각을 조직하고 경제 공황을 극복하기 위해 뉴딜 정책을 추진했다. 외교면에서는 호혜통상법, 선린외교 정책을 추진하였으며 먼로주의를 주장하였다.

제대로 배우기 위해서는 거창하고 교양 있는 전통이나 돈이 필요하지 않다. 스스로를 개선하고자 하는 열망이 있는 사람들이 필요할 뿐이다.

― 아담 쿠퍼

명성을 쌓는 데는 20년이란 세월이 걸리며, 명성을
무너뜨리는 데는 채 5분도 걸리지 않는다. 그걸 명심
한다면, 당신의 행동이 달라질 것이다.　　　– 워런 버핏

경영대학원은 단순한 행동보다 어렵고 복잡한 행동
을 가르치지만, 단순한 행동이 보다 효과적이다.

　　　　　　　　　　　　　　　　　　　– 워런 버핏

워런 버핏(1930~)
미국의 기업인이자 투자가이다. 뛰어난 투자 실력과 기부활동으로 인해 흔히
'오마하의 현인'이라고 불린다. 2010년 현재, 포브스 지는 버핏 회장을 세계
에서 3번째 부자로 선정하였다.

나는 똑똑한 것이 아니라 단지 문제를 더 오래 연구
할 뿐이다.　　　　　　　　　　　　　– 아인슈타인

아인슈타인(1879~1955)
독일 태생의 이론 물리학자. 광양자설, 브라운 운동의 이론, 특수 상대성 이론
을 연구하여 1905년 발표하였으며, 1916년 일반 상대성 이론을 발표하였다.
미국의 원자폭탄 연구인 맨해튼 계획의 시초를 이루었으며, 통일장 이론을 더
욱 발전시켰다.

크로스컨트리는 인간이 할 수 있는 비행에 가장 근접
한 운동이다.
– 조지프 밴더스텔

우리가 할 수 있는 최선을 다할 때, 우리 혹은 타인의
삶에 어떤 기적이 나타나는지 아무도 모른다.
– 헬렌 켈러

헬렌 켈러(1880~1960)
시각과 청각 장애가 있는 미국의 작가 겸 활동가 겸 교육가이다. 헬렌은 진보
적 사회운동을 실천한 사회주의 지식인이었다.

미국의 힘은 포트 녹스 기지의 금괴나 대량살상무기
가 아니라, 미국 국민의 교육과 인성의 총합이다.
– 클레이본 펠

수정을 용납하지 않는 계획은 나쁜 계획이다.
– 퍼블릴리어스 사이러스

지적인 욕구가 있는 자만이 배울 것이요, 의지가 확고한 자만이 배움의 길목에 있는 장애물을 극복할 것이다. 나는 항상 지능지수보다는 모험지수에 열광했다.

– 유진 윌슨

교육은 암기를 얼마나 열심히 했는지, 혹은 얼마나 많이 아는가가 아니다. 교육은 아는 것과 모르는 것을 구분할 줄 아는 능력이다.

– 아나톨 프랑스

아나톨 프랑스(1844~1924)
프랑스의 소설가 겸 평론가. 작품 사상으로 지적 회의주의를 지니며 자신까지를 포함한 인간 전체를 경멸하고, 사물을 보는 특이한 눈, 신랄한 풍자, 아름다운 문체를 사용했다. 1892년에 아카데미 회원이 되었으며 1921년 노벨 문학상을 수상했다. 주요 작품에는 《실베스트르 보나르의 죄》 등이 있다.

어떤 것을 완전히 알려거든 그것을 다른 이에게 가르쳐라.

– 트라이언 에드워즈

당신이 배를 만들고 싶다면, 사람들에게 목재를 가져오게 하고 일을 지시하고 일감을 나눠주는 일을 하지 말라. 대신 그들에게 저 넓고 끝없는 바다에 대한 동경심을 키워줘라.

— 생텍쥐페리

생텍쥐페리(1900~1944)

《어린 왕자》로 유명한 프랑스의 소설가. 진정한 의미의 삶을 각각의 인간 존재가 아니라 사람과 사람의 정신적 유대에서 찾으려 했다. 작품은 《남방 우편기》, 《야간비행》, 《인간의 대지》 등이 있다.

모든 성공의 비결은 자신을 부인하는 법을 아는 것이다. 스스로 통제할 수 있음을 증명하면 당신은 교육받은 사람이고, 그렇지 못하면 다른 어떤 교육도 쓸모가 없다.

— 히치콕

히치콕(1899~1980)

영국 출생의 미국 영화감독. 스릴러 영화라는 장르를 확립하였으며 그 분야의 1인자이다. 《암살자의 집》, 《39계단》 등에서 심리적 불안감을 연출하는 '히치콕 터치'를 창출하였다. 《현기증》, 《사이코》, 《새》 등 순수 스릴러 영화를 제작하였고 TV 프로그램에 출연하기도 했다.

영혼을 밝히는 말은 보석보다 소중하다.

– 하즈라트 이나야트 칸

걷기는 잊혀진 기술이 아니다. 누구라도 어쨌든 차고까지는 걸어가야 한다.

– 에반 에사르

내게는 9살과 6살 난 두 딸이 있다. 딸들에게 제일 먼저 가치와 도덕을 가르칠 것이다. 하지만 임신하는 실수를 한다면 그 아이들이 어린 아기와 함께 벌 받기를 바라지는 않는다.

– 버락 오바마

버락 오바마(1961~)
미국의 정치가. 인권변호사 출신으로 일리노이 주 상원의원(3선)을 거쳐 연방 상원의원을 지냈으며, 2008년 제44대 미국 대통령에 당선됨으로써 미국 최초의 흑인 대통령이 되었다. 취임 후 핵무기 감축, 중동평화회담 재개 등에 힘써 2009년 노벨 평화상을 수상하였다.

궁금증을 풀고 싶다면 어느 주제에 대한 것이든 호기심이 발동하는 그 순간을 잡아라. 그 순간을 흘려보낸다면 그 욕구는 다시 돌아오지 않을 수 있고 당신은 무지한 채로 남게 될 것이다.   – 윌리엄 워트

지성이면 감천이다.   – 맹자

★☆★

맹자(BC 372?~BC 289?)
공자의 사상을 이어 발전시킨 유학자로, 어머니가 맹자를 훌륭하게 키우기 위해 세 번 이사를 했다는 맹모삼천지교(孟母三遷之敎)로 유명하다. 40세 이후에 인정(仁政)과 왕도정치를 주창하며 천하를 유력했다.

어려운 직업에서 성공하려면 자신을 굳게 믿어야 한다. 이것이 탁월한 재능을 지닌 사람보다 재능은 평범하지만 강한 투지를 가진 사람이 훨씬 더 성공하는 이유다.   – 소피아 로렌

인류라는 큰 집단이 가진 결점을 상쇄하는 유일한 장점은 각자 노력하는 짧은 순간 가장 관심 있고 하기 쉬운 일에 늘 충실한 것이다. — 조지프 콘래드

조지프 콘래드(1857~1924)
폴란드 출신의 영국 소설가이다. 배를 탔던 경험을 살린 해양 문학의 정수를 보여주는 작품들이 많다. 주요 작품으로는 《암흑의 핵심》, 《로드 짐》, 《노스트로모》, 《서구인의 눈으로》 등이 있다. 1924년 67살의 나이에 심장마비로 세상을 떠났다.

인간은 끊임없이 어떤 방식으로 행동함으로써 특정한 자질을 습득한다. 올바른 행동을 하면 올바른 사람이, 절도 있는 행동을 하면 절도 있는 사람이, 용감한 행동을 하면 용감한 사람이 된다. — 아리스토텔레스

아리스토텔레스(BC 384~BC 322)
고대 그리스의 철학자로 플라톤의 제자이다. 플라톤이 초감각적인 이데아의 세계를 존중한 것에 대해 아리스토텔레스는 자연물을 존중하고 이를 지배하는 원인들의 인식을 구하는 현실주의 입장을 취하였다.

난 항상 아버지의 조언을 따랐다. 첫째, 언행을 일치시켜라. 둘째, 무심코 상대방을 모욕하지 말라. 그러므로 내가 누군가를 모욕할 때, 그것은 분명 의도적인 것이다. 셋째, 괜히 시빗거리를 찾아다니지 말라.

– 존 웨인

존 웨인(1907~1979)
미국 영화배우. 할리우드의 인기 스타로 많은 서부극 · 전쟁영화에 출연했다. 대학시절부터 연극을 지망하여 1929년 영화계에 발을 들여놓았다. 1939년 《역마차》에 출연하여 스타가 되었다. 감독한 작품으로 《알라모》 등이 있으며, 《진정한 용기》로 1970년도 아카데미 남우주연상을 수상하였다.

내 어머니는 성취와 성공의 차이를 분명히 하셨다. 어머니는 말씀하셨다. "성취란 네가 열심히 공부하고 일했으며 네가 가진 최선을 다했다는 인식이다. 성공은 남들에게 추앙받는 것이며, 이것이 멋진 일이긴 하나 그렇게 중요하거나 만족을 주는 것은 아니다. 항상 성취를 목적으로 삼고 성공에 대해선 잊어라."

– 헬렌 헤이스

관습적인 성공을 인생의 중요한 목표라고 젊은이들에게 설교하지 말아야 한다. 학교와 인생에서 가장 큰 동기는 일의 기쁨, 그 결과에서 얻는 기쁨, 그리고 그 지역에 이바지한 가치를 아는 것이다.

– 아인슈타인

가장 중요한 것은 질문을 멈추지 않는 것이다. 호기심은 그 자체만으로도 존재 이유가 있다. 영원성, 생명, 현실의 놀라운 구조를 숙고하는 사람은 경외감을 느끼게 된다. 매일 이러한 비밀의 실타래를 한 가닥씩 푸는 것으로 족하다. 신성한 호기심을 절대 잃지 말라.

– 아인슈타인

아인슈타인(1879~1955)
독일 태생의 이론 물리학자. 광양자설, 브라운 운동의 이론, 특수 상대성 이론을 연구하여 1905년 발표하였으며, 1916년 일반 상대성 이론을 발표하였다. 미국의 원자폭탄 연구인 맨해튼 계획의 시초를 이루었으며, 통일장 이론을 더욱 발전시켰다.

아마도 모든 교육을 통해 얻을 수 있는 가장 귀중한 결과는, 할 일이 있을 때 좋든 싫든 스스로 그것을 하게 하는 능력이다. 그것이 맨 처음 배워야 할 교훈이다.

– 토마스 헉슬리

토마스 헉슬리(1825~1895)
영국의 동물학자. 해파리 등 강장동물의 해부학적 생태와 고등동물을 비교하여 발생학적 측면에서 서로 같은 점이 있음을 지적하였다. C. 다윈의 진화론을 발표 즉시 인정하고 진화론의 보급에 큰 영향을 끼쳤다. 또, 인간을 닮은 네안데르탈인의 화석연구를 기초로 인간이 진화의 과정에서 생긴 것임을 주장하였다.

현재가 과거와 다르길 바란다면 과거를 공부하라.

– 스피노자

스피노자(1632~1677)
네덜란드의 철학자. 데카르트 철학에서 결정적 영향을 받았다. '모든 것이 신이다.' 라고 하는 범신론의 사상을 역설하면서도 유물론자·무신론자였다. 그의 신이란 그리스도교적인 인격의 신이 아니고, 신은 즉 자연이었기 때문이다.

함께 있는 사람들보다 학식이 높아 보이지 말라. 당신의 학식을 회중시계처럼 주머니 속에 감춰라. 단지 시간을 세기 위해 시계를 꺼내지 말라. 누군가가 시간을 물어보면 알려줘라.

　　　　　　　　　　　　　　　　　　　－ 필립 체스터필드

필립 체스터필드(1694~1773)
영국 최대의 교양인이며 정치가. 케임브리지 대학에서 공부한 후, 젊은 나이에 국회의원에 선출되어 폭넓은 지식과 뛰어난 웅변으로 당시 정계를 주름잡았다. 또 계몽 사상가 볼테르나 A. 포프, J. 스위프트 등 작가·시인과 깊은 우정을 가진 것으로도 유명하다.

노력 없이 쓰인 글은 대개 감흥 없이 읽힌다.

　　　　　　　　　　　　　　　　　　　　－ 사무엘 존슨

사무엘 존슨(1709~1784)
영국의 시인·비평가. 《영어 사전》을 완성하였으며 《영국 시인전》 10권을 집필하였다. 작품에 교훈시 《욕망의 공허함》, 소설 《라셀라스》 따위가 있다.

제우스신은 모든 인간의 계획을 성취시키지 않는다.

– 호메로스

호메로스(BC 800?~BC 750)
유럽 문학 최고 최대의 서사시 《일리아스》와 《오디세이아》의 작자. 두 서사시는 고대 그리스의 국민적 서사시로 그 후의 문학, 교육, 사고에 큰 영향을 끼쳤다.

아이들에게 순종을 제외한 모든 것을 기대하는 오늘날과 달리 아이들에게 순종 외에는 아무것도 기대하지 않았던 시절이 있었다.

– 아나톨 브로야드

인간은 오직 사고思考의 산물일 뿐이다. 생각하는 대로 되는 법이다.

– 마하트마 간디

마하트마 간디(1869~1948)
인도의 민족운동 지도자이자 인도 건국의 아버지이다. 남아프리카에서의 인종 차별에 대한 투쟁으로 유명해졌으며 제1차 세계대전 이후 영국에 대해 반영 · 비협력 운동 등의 비폭력 저항을 전개하였다.

품질이란 우연히 만들어지는 것이 아니라, 언제나
지적 노력의 결과이다.   – 존 러스킨

존 러스킨(1819~1900)
영국의 비평가·사회사상가. 예술미의 순수감상을 주장하고 '예술의 기초는
민족 및 개인의 성실성과 도의에 있다.'고 하는 자신의 미술원리를 구축해 나
갔다.

신은 우리가 성공할 것을 요구하지 않는다. 우리가
노력할 것을 요구할 뿐이다.   – 마더 테레사

마더 테레사(1910~1997)
유고슬라비아의 알바니아계 가정에서 태어나 1928년 로레토 수녀원에 들어
갔다. 인도 콜카타에서 평생을 가난하고 병든 사람을 위해 봉사했다. '사랑의
선교수사회'를 설립했으며 1979년 노벨 평화상을 받았다.

무얼 하든 주의 깊게 하라, 그리고 목표를 바라보라.

– 작자 미상

행복은 성취의 기쁨과 창조적 노력이 주는 쾌감 속에 있다.
　　　　　　　　　　　　　　　　　　　　　　　　　　　　– 루즈벨트

루즈벨트(1882~1945)
미국 제32대 대통령. 강력한 내각을 조직하고 경제 공황을 극복하기 위해 뉴딜 정책을 추진했다. 외교면에서는 호혜통상법, 선린외교 정책을 추진하였으며 먼로주의를 주장하였다. 제2차 세계대전 중에는 연합국회의에서 지도적 역할을 다하여 전쟁 종결에 많은 노력을 기울였다.

성공한 사람이 아니라 가치 있는 사람이 되려고 힘써라.
　　　　　　　　　　　　　　　　　　　　　　　　　　　　– 아인슈타인

나약한 태도는 성격도 나약하게 만든다.　　– 아인슈타인

아인슈타인(1879~1955)
독일 태생의 이론 물리학자. 광양자설, 브라운 운동의 이론, 특수 상대성 이론을 연구하여 1905년 발표하였으며, 1916년 일반 상대성 이론을 발표하였다. 미국의 원자폭탄 연구인 맨해튼 계획의 시초를 이루었으며, 통일장 이론을 더욱 발전시켰다.

나는 신실하지 않으며, 심지어 이렇게 말하는 이 순간에도 그렇다.

– 쥘 르나르

쥘 르나르(1864~1910)

19세기 후반 프랑스의 소설가·극작가. 작품은 명작 《홍당무》, 《포도밭의 포도재배자》, 《박물지》 등이다. 시트리의 촌장, 아카데미 공쿠르 회원이었다.

나의 어느 부분도 원래부터 있었던 것이 아니다. 나는 모든 지인들의 노력의 집합체다.

– 척 팔라닉

썰물이 빠졌을 때 비로소 누가 벌거벗고 헤엄쳤는지 알 수 있다.

– 워런 버핏

워런 버핏(1930~)

미국의 기업인이자 투자가이다. 뛰어난 투자 실력과 기부활동으로 인해 흔히 '오마하의 현인'이라고 불린다. 2010년 현재, 포브스 지는 버핏 회장을 세계에서 3번째 부자로 선정하였다.

3장

성공과 시간의 관계를 되새기는 지혜

우연은 항상 강력하다. 항상 낚싯바늘을 던져두어라.
전혀 기대하지 않은 곳에 물고기가 있을 것이다.

― 오비디우스

오비디우스(BC 43~AD 17)
고대 로마의 시인. 작품에는 《사랑도 가지가지》, 《여류의 편지》 등이 있으며
특히 가장 유명한 《변신이야기》는 서사시 형식으로써 신화를 집대성하였다.
그의 작품은 세련된 감각과 풍부한 수사(修辭)로 르네상스 시대에 널리 읽혔
고, 후대에도 많은 영향을 끼쳤다.

운명은 우연이 아닌 선택이다. 기다리는 것이 아니
라 성취하는 것이다.

― 윌리엄 브라이언

윌리엄 브라이언(1860~1925)
미국의 정치가. 안으로는 금권정치를, 밖으로는 제국주의를 반대하여 평화유
지에 힘쓴 진보파 정치가로 알려져 있다.

희극을 만들기 위해 필요한 것은 공원, 경찰관 그리고 예쁜 소녀일 뿐이다.(웃기 위해 많은 돈이 필요한 것은 아니다.)

– 찰리 채플린

이상적인 인간은 삶의 불행을 위엄과 품위를 잃지 않고 견뎌내 긍정적인 태도로 그 상황을 최대한 이용한다.

– 아리스토텔레스

싸우지 않고 적이 스스로 항복하는 것이 최고의 승리이다. 싸우지 않고 이기는 것이 최선이다.   – 손자

손자(?~?)

중국 춘추전국시대의 전략가. 오왕 합려를 섬겨 절제·규율 있는 육군을 조직했다고 하며 합려가 패자가 되게 했다고 한다. 그가 저술했다는 병서 《손자》는 단순한 작전서가 아니라 국가경영의 요지, 승패의 기미, 인사의 성패 등의 내용을 다룬 책이다.

인간은 운명의 포로가 아니라 단지 자기 마음의 포로
일 뿐이다.

– 루즈벨트

생명은 생명을 낳는다. 에너지는 에너지를 창출한다.
사람이 부자가 되는 것은 자신을 소모시킴에 따라 일
어난다.

– 사라 베른하르트

운명이 가하는 고통에 우리는 인내심을 가지고 맞서
야 하며, 적이 가하는 고통은 남자다운 용기로 맞서
야 한다.

– 투키디데스

투키디데스(BC 460?~BC 400?)
그리스의 역사가. 아테네 출생. 장군이었으나 추방당해 20년간 망명생활을 했
다. 그동안 《펠로폰네소스 전쟁사》를 저술하였다. 이 책은 엄밀한 사료 비판,
인간 심리에 대한 깊은 통찰로 역사서의 고전으로 평가받는다. 또한 투키디데
스는 교훈적 역사가의 시조로 꼽힌다.

명확히 설정된 목표가 없으면, 우리는 사소한 일상을
충실히 살다 결국 그 일상의 노예가 되고 만다.

– 로버트 하인라인

로버트 하인라인(1907~1988)
미국의 SF(공상과학) 작가. SF 자체의 질을 높여 새로운 가설에 근거한 사색
적인 소설의 장르로 만드는 데 공헌하였다. 휴고상을 받은 《더블스타》, 《우주
의 전사》 등이 있다.

나는 결코 나 자신을 우상이라고 생각하지 않는다.
다른 사람들의 마음속에 있는 것이 내 마음 속에는
없다. 나는 단지 나의 일을 할 뿐이다.   – 오드리 헵번

사람을 있는 그대로 받아들이면 그를 타락시킨다. 그
가 될 수 있는 가능성을 통해 보면 그를 발전시킨다.

– 괴테

괴테(1749~1832)
독일 고전주의의 대표자로서 세계적인 문학가이며 자연연구가이다. 바이마르
공국의 재상으로도 활약하였다. 《빌헬름 마이스터의 편력시대》, 《파우스트》
등이 있다.

성공은 영원하지 않고, 실패는 치명적이지 않다.

– 마이크 디트카

주가 변동을 적으로 보지 말고 친구로 보라. 어리석음에 동참하지 말고 오히려 그것을 이용해서 이익을 내라.

– 워런 버핏

워런 버핏(1930~)
미국의 기업인이자 투자가이다. 뛰어난 투자 실력과 기부활동으로 인해 흔히 '오마하의 현인'이라고 불린다. 2010년 현재, 포브스 지는 버핏 회장을 세계에서 3번째 부자로 선정하였다.

스스로라는 명사가 동사가 된다. 현실에서 이러한 창조의 순간은 일과 오락이 하나가 될 때 일어난다.

– 스티븐 나흐마노비치

114

인생에 있는 큰 비밀은 큰 비밀 따위는 없다는 것이다. 당신의 목표가 무엇이든 열심히 할 의지가 있다면 달성할 수 있다.

– 오프라 윈프리

오프라 윈프리(1954~)
미국의 유명한 방송인으로, 본인의 이름을 내건 '오프라 윈프리 쇼'는 세계적으로 유명한 프로그램이다. 친숙한 고백적 형태의 미디어 커뮤니케이션을 만들어낸 것에 신용을 얻으면서 그녀는 토크쇼 장르를 대중화 시키고 큰 변화를 일으켰다.

인생은 가까이서 보면 비극이지만 멀리서 보면 희극이다.

– 찰리 채플린

창의성이란 아직 존재하지 않는 것을 보는 것이다. 그것을 존재하도록 하는 방법을 찾아내고 그렇게 신의 친구가 되는 것이다.

– 미셸 쉬어

뜻을 세운다는 것은 목표를 선택하고, 그 목표에 도달할 행동 과정을 결정하며, 그 목표에 도달할 때까지 결정한 행동을 계속하는 것이다. 중요한 것은 행동이다.

– 마이클 핸슨

나는 연습에서든 실전에서든 이기기 위해 농구를 한다. 그 어떤 것도 승리를 향한 나의 경쟁적 열정에 방해가 되도록 하지 않겠다.

– 마이클 조던

성공을 위해서는 이기적일 필요가 있다. 그렇지 않고서는 어떤 것도 성취할 수 없다. 최고 수준에 올라가면 이기적이지 않아야 한다. 다른 사람들과 가까이 하라. 교류하며 지내라. 고립되지 말아라.

– 마이클 조던

마이클 조던(1963~)
미국의 전 농구 선수. 약 120년에 이르는 농구 역사에서 가장 위대한 선수이다. 1984년부터 NBA 선수로 활동하였으며, 2003년 은퇴했고, 현재 살럿 밥캐츠 구단주이다.

처음에 성공하지 못할 것 같으면, 실패자가 뭘 얻는지 알아보라.

– 빌 라이언

하늘의 도움으로 너를 위해 거대한 제국을 세웠노라. 그러나 세계정복을 달성하기에는 내 생이 너무 짧았다. 이 일은 이제 네게 맡기노라.

– 칭기즈 칸

칭기즈 칸(1155?~1227)
몽골 제국의 건국자. 몽골의 유목 부족을 통일하고, 중국과 중앙아시아, 동유럽 일대를 정복하여 인류 역사에서 가장 넓은 영토를 지닌 몽골 제국의 기초를 쌓았다.

이 슬픈 세상에서 슬픔은 누구에게나 찾아온다. 슬픔을 완전히 해소할 수 있는 방법은 시간밖에 없다. 사람들은 시간이 지나면 괜찮아질 것이라는 사실은 당장에 깨닫지는 못한다. 그러나 이것은 실수다. 우리는 반드시 다시 행복해진다.

– 에이브러햄 링컨

열망이야말로 어떤 운동선수의 성공에 있어서도 가장 중요한 요소다.

– 윌리 슈메이커

우리는 너무 많이 생각하고 너무 적게 느낀다.

– 찰리 채플린

내 모든 영화는 어려움에 빠지는 모습을 중심으로 그려, 내가 평범한 키 작은 신사로 보이기 위해 필사적으로 노력할 기회를 준다.

– 찰리 채플린

찰리 채플린(1889~1977)
영국의 영화배우이자 영화 제작자로 명성을 쌓은 사람으로, 영국 런던 램베스에서 출생하여 고아원에서 어린 시절을 보냈다. 대표적인 작품에는 〈키드〉, 〈모던타임즈〉 등이 있다.

진정한 행복은 목적을 위해 몰입하는 데서 온다.

– 윌리엄 쿠퍼

변화 외에 불변하는 것은 없다.   – 헤라클레이토스

헤라클레이토스(BC 540?~BC 480?)
기원전 6세기 말의 고대 그리스 사상가로 소크라테스 이전 시기의 주요 철학자로 꼽힌다. 만물의 근원을 불이라고 주장했으며 대립물의 충돌과 조화, 다원성과 통일성의 긴밀한 관계, 로고스(Logos)에 주목했다.

일의 기쁨에 대한 비밀은 한 단어에 들어 있다. 바로 탁월함이다. 무엇을 잘 할 줄 안다는 것은 곧 이를 즐긴다는 것이다.   – 펄 벅

펄 벅(1892~1973)
미국 소설가. 장편 처녀작 《동풍·서풍》을 비롯해 빈농으로부터 입신하여 대지주가 되는 왕룽을 중심으로 그 처와 아들들 일가의 역사를 그린 장편 《대지》 등이 대표 작품이다. 또 미국의 여류작가로서는 처음으로 노벨문학상이 《대지》 3부작에 수여되었다.

진정한 성공은 평생의 일을 자신이 좋아하는 일에서 찾는 것이다.   – 데이비드 매컬로

기회가 찾아오는 정확한 때와 장소를 알아보고 그 기회를 잡을 수 있어야 한다. 세상에 기회는 많다. 그저 손 놓고 앉아 있을 수는 없다. — 엘렌 멧칼프

에너지는 인생의 정수다. 여러분은 무엇을 원하는지, 그 목표에 도달하기 위해 무엇이 필요한지 알고 그 목표에 집중하면서 에너지를 어떻게 사용할지 매일 결정한다. — 오프라 윈프리

오프라 윈프리(1954~)

미국의 유명한 방송인으로, 본인의 이름을 내건 '오프라 윈프리 쇼'는 세계적으로 유명한 프로그램이다. 친숙한 고백적 형태의 미디어 커뮤니케이션을 만들어낸 것에 신용을 얻으면서 그녀는 토크쇼 장르를 대중화 시키고 큰 변화를 일으켰다.

중국인은 '위기'를 두 글자로 쓴다. 첫 글자는 위험의 의미이고 두 번째 글자는 기회의 의미이다. 위기 속에서는 위험을 경계하되 기회가 있음을 명심하라.

– 존 F. 케네디

존 F. 케네디(1917~1963)
미국의 정치가로 제35대 대통령을 지냈다. 소련과 부분적인 핵실험금지조약을 체결하였고 중남미 여러 나라와 '진보를 위한 동맹'을 결성하였으며 평화봉사단을 창설하기도 하였다.

목표에 도달하는 가장 확실한 방법은 그 목표가 아니라 그 너머의 더 야심찬 목표를 향해 나아간다는 것이다. 이는 역설적이지만 참되고 중요한 인생의 원칙이다.

– 아놀드 토인비

아놀드 토인비(1852~1883)
영국의 경제학자이자 사회개혁가로 '산업혁명론'을 주장하였다. 저서로는 18세기 영국산업혁명 강의인 《18세기 영국산업혁명 강의》가 있다.

성공은 친구를 만들고, 역경은 친구를 시험한다.

- 퍼블릴리어스 사이러스

너의 성공이나, 친구의 성공만큼 확실하게 친구에 대한 너의 생각을 바꿔주는 것은 없다.

- 프랭클린 P. 존스

성공의 비결은 진지함이다. 진지한 척할 수 있으면 이미 성공한 것이다.   - 장 지로두

장 지로두(1882~1944)
프랑스의 극작가 · 소설가이다. 기발한 발상과 자유자재한 상상력과 풍부한 에스프리가 담긴 문체로 결국 제1차 세계대전 후에 시적 연극의 신풍을 극단에 불어넣어 그의 공은 폴 클로델과 더불어 높이 평가되고 있다.

성공하는 것만으로는 충분치 않다. 다른 사람들이
실패해야만 한다.

- 고어 바이덜

고어 바이덜(1925~)
미국 소설가 겸 극작가. 이상 성격자를 다룬 작품이 많으며 저서에는 동성애
를 소재로 한 《도시와 기둥》, 《마일러 브레킨리지》, 정치 풍자소설 《줄리언》
등이 있다. 그 밖에 정치를 주제로 한 텔레비전 드라마를 썼으며, 에드거 복스
(Edgar Box)라는 이름으로 추리소설도 썼다.

세상은 오직 성공한 자의 자랑에만 관대하다.

- 블레이크

블레이크(1751~1827)
영국 시인 겸 화가. 신비로운 체험을 시로 표현했다. 작품에는 《결백의 노래》,
《셀의 서(書)》, 《밀턴》 등이 있다. 화가로서 단테 등의 시와 구약성서의 《욥기》
등을 위한 삽화를 남김으로써 천재성도 보이며 활약하기도 했다.

나는 곧 극빈한 군주보다는 성공한 사기꾼으로 불릴
것이다.

- 찰리 채플린

새로운 발상에 놀라지 마라. 다수가 받아들이지 않는다고 해서 더 이상 진실이 아니지는 않다는 것을 잘 알지 않는가.　　　　　　　　　　　　　　　　－ 스피노자

스피노자(1632~1677)
네덜란드의 철학자. 데카르트 철학에서 결정적 영향을 받았다. '모든 것이 신이다.' 라고 하는 범신론의 사상을 역설하면서도 유물론자 · 무신론자였다. 그의 신이란 그리스도교적인 인격의 신이 아니고, 신은 즉 자연이었기 때문이다.

욕망하는 자는 늘 가난하다.　　　　　　　　　　－ 클라우디아누스

행복은 성취의 기쁨과 창조적 노력이 주는 쾌감 속에 있다.　　　　　　　　　　　　　　　　　　　　－ 루즈벨트

루즈벨트(1882~1945)
미국 제32대 대통령. 강력한 내각을 조직하고 경제 공황을 극복하기 위해 뉴딜 정책을 추진했다. 외교면에서는 호혜통상법, 선린외교 정책을 추진하였으며 먼로주의를 주장하였다.

우리는 우리가 힘이 있기 때문에 지혜가 있다고 생각
했다.

— 스티븐 빈센트 베네

군자는 자신에게서 구하고, 소인은 남에게서 구한다.

— 공자

공자(BC 552~BC 479)

중국 고대의 사상가, 유교의 시조. 최고의 덕을 인이라고 보았다. 인(仁)에 대한
공자의 가장 대표적인 정의는 '극기복례(克己復禮)' 곧 '자기 자신을 이기고
예에 따르는 삶이 곧 인'이라는 것이다. 그 수양을 위해 부모와 연장자를 공손
하게 모시는 효제(孝悌)의 실천을 가르치고, 이를 인의 출발점으로 삼았다.

실패가 나태함에 대한 유일한 징벌은 아니다. 다른
이들의 성공도 있지 않은가.

— 쥘 르나르

쥘 르나르(1864~1910)

19세기 후반 프랑스의 소설가 · 극작가. 작품은 명작 《홍당무》, 《포도밭의 포
도재배자》, 《박물지》 등이다. 시트리의 촌장, 아카데미 공쿠르 회원이었다.

인생에서 성공하는 비결 중 하나는 좋아하는 음식을 먹고 힘내서 싸우는 것이다. — 마크 트웨인

마크 트웨인(1835~1910)
《톰 소여의 모험》을 쓴 미국 소설가. 사회 풍자가로서 남북전쟁 후에 사회 상황을 풍자한 《도금시대》와 에드워드 6세 시대를 배경으로 한 《왕자와 거지》 등을 썼다. 또 미국의 제국주의적 침략을 비판하고 반제국주의, 반전 활동에 열성적으로 참여했다.

처음에 성공하지 못한다면, 실패가 당신의 생활 방식일지도 모른다. — 쿠엔틴 크리스프

많은 인생의 실패자들은 포기할 때 자신이 성공에서 얼마나 가까이 있었는지 모른다. — 에디슨

성공을 자축하는 것도 중요하지만 실패를 통해 배운
교훈에 주의를 기울이는 것이 더 중요하다.

– 빌 게이츠

빌 게이츠(1955~)
미국의 기업가이다. 어렸을 때부터 컴퓨터 프로그램을 만드는 것을 좋아했던
그는 하버드 대학교를 다니다 중퇴하고 폴 앨런과 함께 마이크로소프트를 공
동 설립했다. 두 사람은 앨테어 베이직(Altair Basic) 인터프리터를 고안했으
며, 그 후 새로운 베이직(BASIC) 버전을 개발하여 MS-DOS의 핵심적 프로그
램 언어로 채택했다. 이후 개인용 컴퓨터를 위한 운영 체제인 윈도 95를 발표
하여 대성공을 거두며 세계 최고의 부호로 등극하였다.

독재는 신념의 힘을 꺾지 못한다.   – 헬렌 켈러

낙관주의는 성공으로 인도하는 믿음이다. 희망과 자
신감이 없으면 아무것도 이루어질 수 없다.

– 헬렌 켈러

헬렌 켈러(1880~1960)
시각과 청각 장애가 있는 미국의 작가 겸 활동가 겸 교육가이다. 헬렌은 진보
적 사회운동을 실천한 사회주의 지식인이었다.

우리 모두 살면서 몇 번의 실패를 겪는다. 이것이 바로 우리를 성공할 수 있도록 준비시킨다.

– 랜디 K. 멀홀랜드

거짓말도 충분히 자주 하면 진실이 된다. – 레닌

겨울이 없다면 봄은 그리 즐겁지 않을 것이다. 고난을 맛보지 않으면 성공이 반갑지 않을 것이다.

– 앤 브래드스트리트

앤 브래드스트리트(1612?~1672)
미국 최초 여류시인. 모국인 영국의 르네상스기의 시를 모방한 《열 번째 뮤즈》가 유명하다. 또 작품 《사색》은 자연시 중의 수작(秀作)이다. 그 밖에 《육체와 영혼》, 《사랑하는 남편에게》에서는 고뇌와 사랑의 기쁨을 노래했고, 그 후의 시들은 청교도적 사고방식을 잘 나타내고 있다.

비전만 좇다보니 방향을 잃었다. – 로빈 그린

새의 날개가 아무리 완벽할지라도 공기가 없다면 그 날개는 결코 새를 들어 올릴 수 없다. 과학에 있어 사실은 공기와 같다. 사실 없이는 과학자는 결코 성공할 수 없다.

– 이반 파블로프

이반 파블로프(1849~1936)
러시아의 생리학자. 개가 주인의 발자국 소리만 들어도 침을 분비한다는 것을 발견하고 '조건반사' 로서 뇌의 작용에 대해 연구하였다. 소화와 신경지배의 연구로 1904년 노벨생리 · 의학상을 수상하였다.

진실은 허구라기보다 모르는 것이다.   – 마크 트웨인

마크 트웨인(1835~1910)
《톰 소여의 모험》을 쓴 미국 소설가. 사회 풍자가로서 남북전쟁 후에 사회 상황을 풍자한 《도금시대》와 에드워드 6세 시대를 배경으로 한 《왕자와 거지》 등을 썼다. 또 미국의 제국주의적 침략을 비판하고 반제국주의, 반전 활동에 열성적으로 참여했다.

시련을 겪어야만 한다면 차라리 극한의 시련을 겪자.

– 사디

관습적인 성공을 인생의 중요한 목표라고 젊은이들에게 설교하지 말아야 한다. 학교와 인생에서 가장 큰 동기는 일의 기쁨, 그 결과에서 얻는 기쁨, 그리고 그 지역에 이바지한 가치를 아는 것이다.

– 아인슈타인

아인슈타인(1879~1955)

독일 태생의 이론 물리학자. 광양자설, 브라운 운동의 이론, 특수 상대성 이론을 연구하여 1905년 발표하였으며, 1916년 일반 상대성 이론을 발표하였다. 미국의 원자폭탄 연구인 맨해튼 계획의 시초를 이루었으며, 통일장 이론을 더욱 발전시켰다.

누군가는 성공하고 누군가는 실수할 수도 있다. 하지만 이런 차이에 너무 집착하지 말라. 타인과 함께, 타인을 통해서 협력할 때에야 비로소 위대한 것이 탄생한다.

– 생텍쥐페리

생텍쥐페리(1900~1944)

《어린 왕자》로 유명한 프랑스의 소설가. 진정한 의미의 삶을 각각의 인간 존재가 아니라 사람과 사람의 정신적 유대에서 찾으려 했다. 작품은 《남방 우편기》, 《야간비행》, 《인간의 대지》 등이 있다.

130

인간사에는 안정된 것이 하나도 없음을 기억하라. 그러므로 성공에 들뜨거나 역경에 지나치게 의기소침하지 마라.

– 소크라테스

소크라테스(BC 470~BC 399)
고대 그리스의 철학자. 그때까지의 그리스 철학자들은 우주의 원리를 묻곤 했다. 소크라테스에서 비로소 자신과 자기 근거에 대한 물음이 철학의 주제가 되었다. 이런 의미에서 소크라테스는 내면(영혼의 차원) 철학의 시조라 할 수 있다.

모든 성공의 비결은 자신을 부인하는 법을 아는 것이다. 스스로 통제할 수 있음을 증명하면 당신은 교육받은 사람이고, 그렇지 못하면 다른 어떤 교육도 쓸모가 없다.

– 히치콕

히치콕(1899~1980)
영국 출생의 미국 영화감독. 스릴러 영화라는 장르를 확립하였으며 그 분야의 1인자이다. 《암살자의 집》, 《39계단》 등에서 심리적 불안감을 연출하는 '히치콕 터치'를 창출하였다. 《현기증》, 《사이코》, 《새》 등 순수 스릴러 영화를 제작하였고 TV 프로그램에 출연하기도 했다.

용기의 핵심 부분은 신중함이다. — 셰익스피어

셰익스피어(1564~1616)
영국이 낳은 국민시인이며 현재까지 가장 뛰어난 극작가로 손꼽힌다. 오늘날에도 세계 여러 나라에서 그의 작품이 많이 공연되고 있다. 동료 극작가 벤 존슨은 셰익스피어를 일컬어 '한 시대가 아닌 만세를 위한' 작가라고 말할 정도로 뛰어난 시적 상상력, 인간성의 안팎을 넓고 깊게 꿰뚫어보는 통찰력, 놀랄 만큼 풍부한 언어의 구사, 매우 다양한 무대 형상화 솜씨 등에서 그를 따를 사람이 없다.

어리석은 자가 현자에게 배우는 것보다 현자가 어리석은 자에게 배우는 것이 더 많다. 현자는 어리석은 자의 실수를 타산지석 삼아 피하지만, 어리석은 자는 현자의 성공을 따라하지 않기 때문이다. — 카토

카토(BC 234~BC 149)
고대 로마의 정치가이자 장군이며 문인. 재무관, 법무관을 거쳐 콘술이 되어 에스파냐를 통치하였고 켄소르 등으로 정계에서 활약하였다. 고(古) 로마적인 실질 강건성의 회복을 역설하고 주전론을 주창하기도 하였다. 라틴 산문학의 시조인 로마 최고의 역사서 《기원론》을 남겼다.

자신을 믿어라. 자신의 능력을 신뢰하라. 겸손하지만 합리적인 자신감 없이는 성공할 수도 행복할 수도 없다.

– 노먼 빈센트 필

어떤 이들은 죽은 후에야 비로소 태어난다. – 니체

비관론자는 모든 기회에서 어려움을 찾아내고, 낙관론자는 모든 어려움에서 기회를 찾아낸다.

– 윈스턴 처칠

윈스턴 처칠(1874~1965)
영국의 정치가 · 저술가. 제1차 세계대전 때 해군 장관 · 군수 장관 · 육군 장관을 지냈으며, 제2 차 세계대전 중에 연립내각의 수상이 되어 전쟁을 승리로 이끌었다. 그림과 문필에도 뛰어나 《제2차 세계대전 회고록》으로 1953년 노벨 문학상을 받았다.

시간은 너무 없고 할 일도 너무 없다. – 오스카 레반트

시간은 환상이다. 점심 시간은 두 배로 그렇다.

– 더글러스 애덤스

더글러스 애덤스(1952~2001)

영국의 라디오 드라마 작가이다. 생전에 1천5백만 부 이상 팔린 《은하수를 여행하는 히치하이커를 위한 안내서》의 작가로 널리 알려졌으며, 그 밖에 그는 '닥터 후'의 대본을 쓰기도 하였다.

우리는 행운을 믿어야 한다. 그렇지 않다면 어떻게 우리가 좋아하지 않는 이들의 성공을 설명할 수 있겠나?

– 장 콕토

장 콕토(1889~1963)

프랑스의 시인이며 소설가, 극작가이다. 여러 방면의 활동을 겸하며 문단과 예술계에 물의를 일으키기도 하였다. 시집 《알라딘의 램프》, 극본 《에펠탑의 신랑 신부》, 소설 《Le Potomak》 외 다수의 작품을 많은 장르에서 선보였다.

시간 엄수는 비즈니스의 영혼이다. – 토마스 할리버튼

여가시간을 가지려면 시간을 잘 써라.

– 벤저민 프랭클린

벤저민 프랭클린(1706~1790)
미국의 과학자이자 정치가. 미국 '건국의 아버지' 중 한 명이자 미국의 초대 정치인 중 한 명이다. 그는 특별한 공식적 지위에 오르지는 않았지만 프랑스 군과의 동맹에 있어 중요한 역할을 해, 미국 독립에 중추적인 역할을 했다.

일 분 전만큼 먼 시간은 없다.

– 짐 비숍

미래는 예전의 미래가 아니다.

– 요기 베라

요기 베라(1925~)
미국의 야구계 인사로서 과거 뉴욕 양키스에서 활약한 포수이자 지도자이다.
"It ain't over till it's over.(끝날 때까지는 끝난 게 아니다.)" 등의 유명한 말을 많이 남기기도 하였다.

무엇을 잘 하는 것은 시간 낭비일 때가 많다.

– 로버트 바이른

낭비한 시간에 대한 후회는 더 큰 시간 낭비이다.

－ 메이슨 쿨리

이른 아침은 입에 황금을 물고 있다. － 벤저민 프랭클린

당신은 지체할 수도 있지만 시간은 그러하지 않을 것
이다.
　　　　　　　　　　　　　　　　　－ 벤저민 프랭클린

벤저민 프랭클린(1706~1790)
미국의 과학자이자 정치가. 미국 '건국의 아버지' 중 한 명이자 미국의 초대
정치인 중 한 명이다. 그는 특별한 공식적 지위에 오르지는 않았지만 프랑스
군과의 동맹에 있어 중요한 역할을 해, 미국 독립에 중추적인 역할을 했다.

내일에는 미래가 더 나아질 것이다. 　　　　－ 댄 퀘일

댄 퀘일(1947~)
미국의 정치가로 하원의원과 상원의원을 지냈고 외교와 국방문제에 관심을
기울여 극우주의적 태도를 보였다. 내정에 있어서도 보수적인 입장을 취하였
으며 부통령을 역임하였다.

시간은 우리를 변화시키지 않는다. 시간은 단지 우리를 펼쳐보일 뿐이다.

— 막스 프리슈

막스 프리슈(1911~1991)
스위스의 극작가 및 건축가이다. 제2차 세계대전 후 브레히트의 영향을 받아 스위스 사람으로서 전쟁 문제를 추구한 〈전쟁이 끝났을 때〉, 〈또다시 노래하네〉 등을 썼다.

복역 중이 아니라면, 충분한 시간이란 결코 없다.

— 말콤 포브스

우리 모두는 인생의 격차를 줄여주기 위해 서 있는 그 누군가가 있기에, 힘든 시간을 이겨내곤 한다.

— 오프라 윈프리

오프라 윈프리(1954~)
미국의 유명한 방송인으로, 본인의 이름을 내건 '오프라 윈프리 쇼'는 세계적으로 유명한 프로그램이다. 친숙한 고백적 형태의 미디어 커뮤니케이션을 만들어낸 것에 신용을 얻으면서 그녀는 토크쇼 장르를 대중화 시키고 큰 변화를 일으켰다.

사람들은 인생이 순전히 시간만 너무 잡아먹는다는 것을 깨닫는다. — 스타니스와프 J. 렉

시간을 도구로 사용할 뿐 시간에 의존해서는 안된다.

— 존 F. 케네디

존 F. 케네디(1917~1963)

미국의 정치가로 제35대 대통령을 지냈다. 소련과 부분적인 핵실험금지조약을 체결하였고 중남미 여러 나라와 '진보를 위한 동맹'을 결성하였으며 평화봉사단을 창설하기도 하였다.

시간은 인간이 쓸 수 있는 가장 값진 것이다.

— 테오프라스토스

테오프라스토스(BC 372?~BC 288?)

그리스의 철학자이며 과학자. 플라톤과 아리스토텔레스에게서 배웠으며, 아리스토텔레스가 개설한 리케이온 학원의 후계자가 되었다. 식물학의 창시자이기도 하다. 《식물지에 대하여》와 철학적인 《식물의 본원에 대하여》 등의 저작이 있다.

내가 미래를 보았는데, 별 볼일 없어.　　－ 로버트 풀포드

시간은 만물을 스러지게 한다. 만물은 시간의 힘 아래
서서히 나이 들고 시간이 흐르면서 잊혀진다.

　　　　　　　　　　　　　　　　　　－ 아리스토텔레스

아리스토텔레스(BC 384~BC 322)
고대 그리스의 철학자로 플라톤의 제자이다. 플라톤이 초감각적인 이데아의
세계를 존중한 것에 대해 아리스토텔레스는 자연물을 존중하고 이를 지배하는
원인들의 인식을 구하는 현실주의 입장을 취하였다.

인간의 삶 전체는 단지 한 순간에 불과하다. 인생을
즐기자.　　　　　　　　　　　　　　　　－ 플루타르코스

플루타르코스(46?~120?)
고대 그리스 철학자이며 저술가. 그는 플라톤 철학을 신봉하고 박학다식한 것
으로 유명하다. 저작활동은 매우 광범위하여 전기 · 속윤리(俗倫理) · 철학 · 신
학 · 종교 · 자연과학 · 문학 · 수사학에 걸쳐 그 저술이 무려 250종에 달했던
것으로 추정된다.

나는 과거 속에 사는 편인데 내 생애 대부분이 거기 있기 때문이다.

— 허브 캐언

나는 때를 놓쳤고, 그래서 지금은 시간이 나를 낭비하고 있는 것이다.

— 셰익스피어

셰익스피어(1564~1616)
영국이 낳은 국민시인이며 현재까지 가장 뛰어난 극작가로 손꼽힌다. 오늘날에도 세계 여러 나라에서 그의 작품이 많이 공연되고 있다. 동료 극작가 벤 존슨은 셰익스피어를 일컬어 '한 시대가 아닌 만세를 위한' 작가라고 말할 정도로 뛰어난 시적 상상력, 인간성의 안팎을 넓고 깊게 꿰뚫어보는 통찰력, 놀랄 만큼 풍부한 언어의 구사, 매우 다양한 무대 형상화 솜씨 등에서 그를 따를 사람이 없다.

미래의 제국은 마음의 제국이다.

— 윈스턴 처칠

윈스턴 처칠(1874~1965)
영국의 정치가·저술가. 제1차 세계대전 때 해군 장관·군수 장관·육군 장관을 지냈으며, 제2차 세계대전 중에 연립내각의 수상이 되어 전쟁을 승리로 이끌었다. 그림과 문필에도 뛰어나 《제2차 세계대전 회고록》으로 1953년 노벨 문학상을 받았다.

생선과 손님은 3일이 지나면 냄새를 풍긴다.

– 벤저민 프랭클린

벤저민 프랭클린(1706~1790)
미국의 과학자이자 정치가. 미국 '건국의 아버지' 중 한 명이자 미국의 초대 정치인 중 한 명이다. 그는 특별한 공식적 지위에 오르지는 않았지만 프랑스 군과의 동맹에 있어 중요한 역할을 해, 미국 독립에 중추적인 역할을 했다.

경험을 현명하게 사용한다면, 어떤 일도 시간 낭비는 아니다.

– 로댕

로댕(1840~1917)
프랑스의 조각가. 근대조각의 시조로 일컬어진다. 그가 추구한 웅대한 예술성과 기량은 조각에 생명과 감정을 불어넣어, 예술의 자율성을 부여했다.

즐거울 때 시간이 날아간다면, 시간이 부족하다 싶을 때 시간은 가속 엔진을 가동시킨다.

– 제프 말렛

지붕은 햇빛이 밝을 때 수리해야 한다. — 존 F. 케네디

존 F. 케네디(1917~1963)
미국의 정치가로 제35대 대통령을 지냈다. 소련과 부분적인 핵실험금지조약을 체결하였고 중남미 여러 나라와 '진보를 위한 동맹'을 결성하였으며 평화봉사단을 창설하기도 하였다.

미래는 현재와 무척 닮았다. 단지 더 길 뿐이다.

— 댄 퀸스베리

미래에는 모든 사람이 15분 동안 유명해질 것이다.

— 앤디 워홀

앤디 워홀(1928~1987)
미국 팝아트의 선구자. '팝의 교황', '팝의 디바'로 불린다. 대중미술과 순수미술의 경계를 무너뜨리고 미술뿐만 아니라 영화, 광고, 디자인 등 시각예술 전반에서 혁명적인 변화를 주도하였다. 살아 있는 동안 이미 전설이었으며 현대미술의 대표적인 아이콘으로 통한다.

우리를 조금 크게 만드는데 걸리는 시간은 단 하루면 충분하다. 그러니 매일 노력하자.   – 파울 클레

파울 클레(1879~1940)

독일의 화가로 현대 추상회화의 시조이다. '청기사' 파로 활동했고 1914년 튀니스 여행을 계기로 색채에 눈을 떠 새로운 창조세계로 들어갔다. 1933년까지 독일에 머물며 나치에게 102점의 작품을 몰수당한 뒤 '독일은 이르는 곳마다 시체냄새가 난다.'고 말하고 스위스로 돌아갔다.

미래는 현재 우리가 무엇을 하는가에 달려 있다.

    – 마하트마 간디

마하트마 간디(1869~1948)

인도의 민족운동 지도자이자 인도 건국의 아버지이다. 남아프리카에서의 인종 차별에 대한 투쟁으로 유명해졌으며 제1차 세계대전 이후 영국에 대해 반영·비협력 운동 등의 비폭력 저항을 전개하였다.

미래를 예측하는 최선의 방법은 미래를 창조하는 것이다.

    – 알랜 케이

예측은 매우 어려우며, 미래에 대해서는 특히 그렇다.

– 닐스 보어

닐스 보어(1885~1962)
원자 구조의 이해와 양자역학의 성립에 기여한 덴마크의 물리학자로서, 훗날 이 업적으로 1922년에 노벨 물리학상을 받았다. 보어는 20세기에 가장 영향력 있는 물리학자 중 한 명으로 일컬어진다.

나는 영토는 잃을지 몰라도 결코 시간은 잃지 않을 것이다.

– 나폴레옹

미래는 여기 있다. 아직 널리 퍼지지 않았을 뿐이다.

– 윌리엄 깁슨

윌리엄 깁슨(1948~)
미국계 캐나다인(이중국적) 소설가로 과학소설의 장르인 사이버펑크의 '느와르 프로펫(검은 예언자)'이라고 불린다. 1982년 그의 데뷔작인 《뉴로맨서》에서 '사이버스페이스(cyberspace)'라는 용어와 개념이 유명해졌다.

유행은 유행에 뒤떨어질 수밖에 없게끔 만들어진다.

– 가브리엘 코코 샤넬

우리 시대의 문제는 미래가 예전의 미래와 다르다는 것이다.

– 폴 발레리

폴 발레리(1871~1945)

20세기 전반 프랑스의 시인이며 비평가, 사상가. 말라르메의 전통을 확립하고 재건, 상징시의 정점을 이뤘다. 20세기 최대 산문가의 하나로 꼽힌다. 저서는 《매혹》, 《구시장》, 《잡기장》, 《영혼과 무용》, 《외팔리노스》 등이 있다.

우리가 진정으로 소유하는 것은 시간뿐이다. 가진 것이 달리 아무것도 없는 이에게도 시간은 있다.

– 발타사르 그라시안

발타사르 그라시안(1601~1658)

17세기 에스파냐의 작가. 타라고나의 예수회 부속학교장을 역임하였다. 저서로 《비평가》가 유명하다. 프랑스 모랄리스트들의 선구가 되었다.

달력은 열정적인 이들이 아니라, 신중한 이들을 위한 것이다.

– 척 사이거스

나는 미래에 대해 생각하는 법이 없다. 어차피 곧 닥치니까.

– 아인슈타인

아인슈타인(1879~1955)
독일 태생의 이론 물리학자. 광양자설, 브라운 운동의 이론, 특수 상대성 이론을 연구하여 1905년 발표하였으며, 1916년 일반 상대성 이론을 발표히였다. 미국의 원자폭탄 연구인 맨해튼 계획의 시초를 이루었으며, 통일장 이론을 더욱 발전시켰다.

과거에서 교훈을 얻을 수는 있어도 과거 속에 살 수는 없다.

– 린든 B. 존슨

린든 B. 존슨(1908~1973)
미국의 제36대 대통령이며, 그의 별명은 LBJ로 알려졌다.

진실의 가장 큰 친구는 시간이고, 진실의 가장 큰 적은 편견이며, 진실의 영원한 반려자는 겸손이다.

– 찰스 칼렙 콜튼

우리가 오늘은 이러고 있지만, 내일은 어떻게 될지 누가 알겠는가?

– 셰익스피어

셰익스피어(1564~1616)

영국이 낳은 국민시인이며 현재까지 가장 뛰어난 극작가로 손꼽힌다. 오늘날에도 세계 여러 나라에서 그의 작품이 많이 공연되고 있다. 동료 극작가 벤 존슨은 셰익스피어를 일컬어 '한 시대가 아닌 만세를 위한' 작가라고 말할 정도로 뛰어난 시적 상상력, 인간성의 안팎을 넓고 깊게 꿰뚫어보는 통찰력, 놀랄 만큼 풍부한 언어의 구사, 매우 다양한 무대 형상화 솜씨 등에서 그를 따를 사람이 없다.

미래는 탁한 거울이다. 누구든 들여다보려고 하면 늙고 근심 어린 얼굴의 희미한 윤곽만 보일 뿐이다.

– 짐 비숍

미래의 가장 좋은 점은 한 번에 하루씩 온다는 것이다.

– 에이브러햄 링컨

에이브러햄 링컨(1809~1865)
미국의 제16대 대통령. 남북전쟁에서 북군을 지도하여 점진적인 노예 해방을
이루었다. 대통령에 재선되었으나 이듬해 암살당하였다. 게티즈버그에서 한
연설 중 유명한 '국민에 의한, 국민을 위한, 국민의 정부'라는 불멸의 말을 남
겼다.

무미건조한 단조로움에 할애할 시간은 없다. 일할
시간과 사랑할 시간을 빼고 나면 다른 것을 할 시간
은 없다!

– 가브리엘 코코 샤넬

이 사악한 세상에서 영원한 것은 없다. 우리가 겪는
어려움조차도.

– 찰리 채플린

찰리 채플린(1889~1977)
영국의 영화배우이자 영화 제작자로 명성을 쌓은 사람으로, 영국 런던 램베스
에서 출생하여 고아원에서 어린 시절을 보냈다. 대표적인 작품에는 〈키드〉,
〈모던타임즈〉 등이 있다.

과거를 애절하게 들여다보지 마라. 다시 오지 않는다. 현재를 현명하게 개선하라. 너의 것이니. 어렴풋한 미래를 나아가 맞으라. 두려움 없이.

– 헨리 워즈워스 롱펠로우

인생의 절반은 우리가 서둘러 아끼려던 시간과 관계된 무엇인가를 찾는데 쓰인다.

– 윌 로저스

어떤 이에게서 신을 발견할 수 없다면, 그를 더 알려고 하는 것은 시간 낭비다.

– 마하트마 간디

마하트마 간디(1869~1948)
인도의 민족운동 지도자이자 인도 건국의 아버지이다. 남아프리카에서의 인종 차별에 대한 투쟁으로 유명해졌으며 제1차 세계대전 이후 영국에 대해 반영·비협력 운동 등의 비폭력 저항을 전개하였다.

과거를 애절하게 들여다보지 마라. 다시 오지 않는다. 현재를 현명하게 개선하라. 너의 것이니. 어렴풋한 미래를 나아가 맞으라. 두려움 없이.

– 헨리 워즈워스 롱펠로우

인생의 절반은 우리가 서둘러 아끼려던 시간과 관계된 무엇인가를 찾는데 쓰인다.

– 윌 로저스

시간은 차갑게 식혀주고, 또 명확하게 보여준다. 변하지 않은 채 몇 시간이고 지속되는 마음의 상태는 없다.

– 마크 트웨인

마크 트웨인(1835~1910)
《톰 소여의 모험》을 쓴 미국 소설가. 사회 풍자가로서 남북전쟁 후에 사회 상황을 풍자한 《도금시대》와 에드워드 6세 시대를 배경으로 한 《왕자와 거지》 등을 썼다. 또 미국의 제국주의적 침략을 비판하고 반제국주의, 반전 활동에 열성적으로 참여했다.

나는 과거를 생각하지 않는다. 중요한 것은 끝없는 현재뿐이다.

- 서머싯 몸

현재뿐 아니라 미래까지 걱정한다면 인생은 살 가치가 없을 것이다.

- 서머싯 몸

서머싯 몸(1874~1965)
파리에서 출생하여 처음에는 킹스 칼리지 런던에서 의학을 공부하였으나, 뒤에 문학으로 전향하였다. 제1·2차 세계대전 때에는 정보기관원으로 활약하였으며, 그 체험을 소설화하기도 하였다. 작품으로는 《인간의 굴레》, 《달과 6펜스》, 《램버스의 라이자》 등의 소설과 《훌륭한 사람들》, 《순환》 등의 희곡이 있다.

시간은 예전의 우리를 앗아가는 무자비한 도둑이다.
우리는 죽음만큼이나 삶 때문에 많은 것을 잃는다.

- 엘리자베스 포사이스 헤일리

냄새는 수천 마일 밖과 그동안 살아온 모든 세월을 가로질러 당신을 실어 나르는 강력한 마법사이다.

– 헬렌 켈러

헬렌 켈러(1880~1960)
시각과 청각 장애가 있는 미국의 작가 겸 활동가 겸 교육가이다. 헬렌은 진보적 사회운동을 실천한 사회주의 지식인이었다.

시간은 인생의 동전이다. 시간은 네가 가진 유일한 동전이고, 그 동전을 어디에 쓸지는 너만이 결정할 수 있다. 네 대신 타인이 그 동전을 써버리지 않도록 주의하라.

– 칼 샌드버그

칼 샌드버그(1878~1967)
미국 시인. 시카고라는 근대 도시를 대담 솔직하게 다루었으며 부두 노동자나 트럭 운전사들이 쓰는 속어나 비어까지도 시에 도입해 전통적인 시어에 집착하는 사람들에게 충격을 주었다. 주요 저서에는 《옥수수 껍질을 벗기는 사람》 등이 있으며 퓰리처상을 수상했다.

시간에 대한 느긋한 태도는 본질적으로 풍요의 한 형태이다.

– 보니 프리드먼

과거에서 멀어질수록 나 자신의 인격 형성에 더 가까워진다.

– 이자벨 에버하트

이 세상은 사람들이 생각하는 만족스러운 미래가 사실은 이상화된 과거로 되돌아가고자 하는 사람들로 가득하다.

– 로버트슨 데이비스

지금의 시대도 언제나 그렇듯 아주 훌륭한 시대이다. 이 시대에 우리가 무엇을 해야 하는지만 알고 있다면 말이다.

– 에머슨

에머슨(1803~1882)

미국 사상가 겸 시인. 자연과의 접촉에서 고독과 희열을 발견하고 자연의 효용으로서 실리·미·언어·훈련의 4종을 제시했다. 정신을 물질보다도 중시하고 직관에 의하여 진리를 알고, 자아의 소리와 진리를 깨달으며, 논리적인 모순을 관대히 보는 신비적 이상주의였다.

미래에 사로잡혀 있으면 현재를 있는 그대로 볼 수 없을 뿐 아니라 과거까지 재구성하려 들게 된다.

– 에릭 호퍼

에릭 호퍼(1902~1983)
집단 동일시에 관한 심리적 연구서 《대중 운동의 실상》을 쓴 저자이다. 인간의 마음을 움직이는 집단 활동의 힘을 비전문가적 시각으로 바라본 책으로 오늘날 테러리스트, 자살 폭탄자들의 과격 대중운동에 적절하게 적용된다.

오! 당신의 시계를 근거로 나를 비난하지 말아요. 시계는 항상 너무 빠르거나 너무 늦지요. 시계에 휘둘릴 수는 없어요.

– 제인 오스틴

친구가 어려울 때 돕기는 쉽지만, 당신의 시간을 친구에게 내주는 게 항상 시의적절할 수는 없다.

– 찰리 채플린

물리학을 믿는 나와 같은 사람들은 과거, 현재, 미래의 구별이란 단지 고질적인 환상일 뿐이란 사실을 알고 있다.

— 아인슈타인

아인슈타인(1879~1955)

독일 태생의 이론 물리학자. 광양자설, 브라운 운동의 이론, 특수 상대성 이론을 연구하여 1905년 발표하였으며, 1916년 일반 상대성 이론을 발표하였다. 미국의 원자폭탄 연구인 맨해튼 계획의 시초를 이루었으며, 통일장 이론을 더욱 발전시켰다.

미래가 그대를 불안하게 하지 말라. 해야만 한다면 맞게 될 것이다. 현재에 맞서 오늘 그대를 무장시키는 이성이라는 동일한 무기가 함께할 것이다.

— 마르쿠스 아우렐리우스 안토니우스

마르쿠스 아우렐리우스 안토니우스(BC 82?~BC 30)

고대 로마의 정치가로 옥타비아누스, 레피두스와 함께 제2차 삼두정치를 성립하였다. 동방원정에 전념하여 여러 주를 장악하고 군사·경제적으로 막강한 세력을 쌓았다. 이집트 여왕 클레오파트라를 아내로 삼고 옥타비아누스와의 악티움 해전에서 패하여 자살하였다.

순간들을 소중히 여기다 보면, 긴 세월은 저절로 흘러간다.

– 마리아 에지워스

프랑스의 위대한 육군 원수 리요테는 어느 날 정원사에게 나무를 한 그루 심으라고 했다. 정원사는 그 나무는 성장이 더디기 때문에 다 자라려면 100년은 걸린다며 반대했다. 리요테는 이렇게 대답했다. "그렇다면 지체할 시간이 없네. 오늘 오후에 당장 심게!"

– 존 F. 케네디

존 F. 케네디(1917~1963)
미국의 정치가로 제35대 대통령을 지냈다. 소련과 부분적인 핵실험금지조약을 체결하였고 중남미 여러 나라와 '진보를 위한 동맹'을 결성하였으며 평화봉사단을 창설하기도 하였다.

내게 겸손함을 기를 시간이 있었더라면 하고 때때로 바라왔다. 그러나 나는 나 스스로에 대해서 생각하느라 너무 바쁘다.

– 이디스 시트웰

내일은 인생에서 가장 중요한 것이다. 자정이 되면 내일은 매우 깨끗한 상태로 우리에게 다가온다. 매우 완벽한 모습으로 우리 곁으로 와 우리 손으로 들어온다. 내일은 우리가 어제에서 뭔가를 배웠기를 희망한다.

— 존 웨인

존 웨인(1907~1979)

미국 영화배우. 할리우드의 인기 스타로 많은 서부극 · 전쟁영화에 출연했다. 대학시절부터 연극을 지망하여 1929년 영화계에 발을 들여놓았다. 1939년 《역마차》에 출연하여 스타가 되었다. 감독한 작품으로 《알라모》 등이 있으며, 《진정한 용기》로 1970년도 아카데미 남우주연상을 수상하였다.

어떤 것에든 이로운 말 이면에는 그보다 나은 침묵이 존재한다. 침묵은 영원처럼 깊고 말은 시간만큼 얕다.

— 토마스 칼라일

당신이 일에 쏟아 붓는 시간이 중요한 게 아니다. 중요한 것은 당신이 시간을 쏟아 붓는 일 그 자체이다.

– 샘 유잉

그대는 인생을 사랑하는가? 그렇다면 시간을 낭비하지 말라, 시간이야말로 인생을 형성하는 재료이기 때문이다.

– 벤저민 프랭클린

벤저민 프랭클린(1706~1790)
미국의 과학자이자 정치가. 미국 '건국의 아버지' 중 한 명이자 미국의 초대 정치인 중 한 명이다. 그는 특별한 공식적 지위에 오르지는 않았지만 프랑스 군과의 동맹에 있어 중요한 역할을 해, 미국 독립에 중추적인 역할을 했다.

탁월함을 완성하는 데에는 오랜 시간이 걸린다.

– 퍼블릴리어스 사이러스

인생에서 조금만 늦게 온다면 청춘은 이상적일 것
이다.
– 허버트 스펜서

나는 무지한 채로 태어났고 그 상태를 이리저리 바꿔
보기엔 시간이 너무 없었다.
– 리처드 파인만

리처드 파인만(1918~1988)
미국의 이론물리학자. 양자전기역학의 재규격화 이론을 완성한 연구 업적으
로 1965년 노벨물리학상을 공동 수상하였다.

사람들은 시간이 사물을 변화시킨다고 하지만, 사실
당신 스스로 그것들을 변화시켜야 한다.
– 앤디 워홀

앤디 워홀(1928~1987)
미국 팝아트의 선구자. '팝의 교황', '팝의 디바'로 불린다. 대중미술과 순수
미술의 경계를 무너뜨리고 미술뿐만 아니라 영화, 광고, 디자인 등 시각예술
전반에서 혁명적인 변화를 주도하였다. 살아 있는 동안 이미 전설이었으며 현
대미술의 대표적인 아이콘으로 통한다.

감사는 마음에서 우러나는 것이라 과거의 자비를 깨닫기까지 시간이 걸린다.

– 찰스 E. 제퍼슨

숙고할 시간을 가져라, 그러나 행동할 때가 오면 생각을 멈추고 뛰어들어라.

– 나폴레옹

지성인이 군중을 따르는 것은 시간 낭비다. 그렇지 않아도 군중이 될 사람은 많다.

– G. H. 하디

G. H. 하디(1877~1947)
영국의 저명한 수학자이다. 1877년 영국 잉글랜드 서리주에서 출생하여 70세로 사망할 때까지 리틀우드, 라마누잔 등 저명한 수학자들과 협력하여 특히 해석학적 정수론에 많은 업적을 남겼다. 하디는 업적들을 인정받아 1910년에 왕립학회에 가입되기도 하였다.

엉터리 싸움에 진짜 용기는 필요치 않다. – 셰익스피어

셰익스피어(1564~1616)
영국이 낳은 국민시인이며 현재까지 가장 뛰어난 극작가로 손꼽힌다. 오늘날에도 세계 여러 나라에서 그의 작품이 많이 공연되고 있다. 동료 극작가 벤 존슨은 셰익스피어를 일컬어 '한 시대가 아닌 만세를 위한' 작가라고 말할 정도로 뛰어난 시적 상상력, 인간성의 안팎을 넓고 깊게 꿰뚫어보는 통찰력, 놀랄 만큼 풍부한 언어의 구사, 매우 다양한 무대 형상화 솜씨 등에서 그를 따를 사람이 없다.

자신이 공들이고 견뎌낸 모든 것을 기억하는 사람에게는 슬픔조차도 오랜 시간이 지나면 기쁨이 된다.

– 호메로스

호메로스(BC 800?~BC 750)
유럽 문학 최고 최대의 서사시 《일리아스》와 《오디세이아》의 작자. 두 서사시는 고대 그리스의 국민적 서사시로 그 후의 문학, 교육, 사고에 큰 영향을 끼쳤다.

전쟁을 끝내는 가장 빠른 길은 전쟁에서 지는 것이다.

– 조지 오웰

4장

절망을 딛고
다시 일어서는 지혜

춤추는 별을 잉태하려면 반드시 스스로의 내면에 혼
돈을 지녀야 한다.   – 니체

니체(1844~1900)
실존 철학의 선구자로 강자의 군주 도덕을 찬미하였으며, 그 구현자를 초인
(超人)이라 명명하였다. 근대의 극복을 위하여 '신은 죽었다.'고 선언하고, 피
안적인 것에 대신하여 차안적인 것을 본질로 하는 생을 주장하는 허무주의에
의하여 모든 것의 가치 전환을 시도하였다. 저서에 《비극의 탄생》, 《차라투스
트라는 이렇게 말했다》 등이 있다.

그 어떤 것에서라도 내적인 도움과 위안을 찾을 수
있다면 그것을 잡아라.   – 마하트마 간디

마하트마 간디(1869~1948)
인도의 민족운동 지도자이자 인도 건국의 아버지이다. 남아프리카에서의 인
종 차별에 대한 투쟁으로 유명해졌으며 제1차 세계대전 이후 영국에 대해 반
영·비협력 운동 등의 비폭력 저항을 전개하였다.

성경은 게으름뱅이에게 빵을 약속하지 않는다.

    – 작자 미상

지금 적극적으로 실행되는 괜찮은 계획이 다음 주의 완벽한 계획보다 낫다.

– 조지 S. 패튼

조지 S. 패튼(1885~1945)

미국의 육군 장군이다. 제2차 세계대전 중 노르망디 상륙 작전에서 큰 활약을 하였다. 1945년 12월 9일 자동차 사고로 독일 하이델베르크 병원에서 사망하였다.

가장 큰 영광은 한 번도 실패하지 않음이 아니라 실패할 때마다 다시 일어서는 데에 있다.

– 공자

공자(BC 552~BC 479)

중국 고대의 사상가, 유교의 시조. 최고의 덕을 인이라고 보았다. 인(仁)에 대한 공자의 가장 대표적인 정의는 '극기복례(克己復禮)' 곧 '자기 자신을 이기고 예에 따르는 삶이 곧 인'이라는 것이다. 그 수양을 위해 부모와 연장자를 공손하게 모시는 효재(孝悌)의 실천을 가르치고, 이를 인의 출발점으로 삼았다.

작은 성실함은 위험한 것이며, 과도한 성실함은 치
명적이리만큼 위험하다.　　　　　　　– 오스카 와일드

오스카 와일드(1854~1900)

아일랜드 시인, 소설가 겸 극작가이자 평론가. '예술을 위한 예술'을 표어로
하는 탐미주의를 주창했고 그 지도자가 되었다. 주요 저서에는 미모의 청년
도리언이 쾌락주의의 나날을 보내다 악덕 한계점에 이르러 마침내 파멸한다
는 내용을 담은 장편소설 《도리언 그레이의 초상》 등이 있다.

나무 베는데 한 시간이 주어진다면, 도끼를 가는데
45분을 쓰겠다.　　　　　　　– 에이브러햄 링컨

에이브러햄 링컨(1809~1865)

미국의 제16대 대통령. 남북전쟁에서 북군을 지도하여 점진적인 노예 해방을
이루었다. 대통령에 재선되었으나 이듬해 암살당하였다. 게티즈버그에서 한
연설 중 유명한 '국민에 의한, 국민을 위한, 국민의 정부'라는 불멸의 말을 남
겼다.

혁명은 다 익어 저절로 떨어지는 사과가 아니다. 떨어뜨려야 하는 것이다. — 체 게바라

체 게바라(1928~1967)
아르헨티나 출생의 쿠바 정치가·혁명가. 멕시코에 머무르면서 쿠바혁명에 참가하였다. 볼리비아 산악지대에서 게릴라 부대를 조직하여 활동하다 붙잡혀 총살당했다.

허송세월하며 할 일이 없는 사람은 악惡으로 끌려가는 것이 아니라 저절로 기울어진다. — 히포크라테스

히포크라테스(BC 460~BC 370?)
그리스의 의학자. '의사의 아버지.' 인체의 생리나 병리를 체액론에 근거하여 사고했고 '병을 낫게 하는 것은 자연이다.'는 설을 치료 원칙의 기초로 삼았다.

실패가 나태함에 대한 유일한 징벌은 아니다. 다른 이들의 성공도 있지 않은가. — 쥘 르나르

쥘 르나르(1864~1910)
19세기 후반 프랑스의 소설가·극작가. 작품은 명작 《홍당무》, 《포도밭의 포도재배자》, 《박물지》 등이다. 시트리의 촌장, 아카데미 공쿠르 회원이었다.

최고가 되기 위해 가진 모든 것을 활용하라. 이것이
바로 현재 내가 사는 방식이다.   – 오프라 윈프리

오프라 윈프리(1954~)
미국의 유명한 방송인으로, 본인의 이름을 내건 '오프라 윈프리 쇼'는 세계적
으로 유명한 프로그램이다. 친숙한 고백적 형태의 미디어 커뮤니케이션을 만
들어낸 것에 신용을 얻으면서 그녀는 토크쇼 장르를 대중화 시키고 큰 변화
를 일으켰다.

우리가 후대를 위해 준비할 때, 미덕은 유전되는 것
이 아니라는 점을 기억해야 한다.   – 토마스 페인

토마스 페인(1737~1809)
18세기 미국의 작가. 국제적 혁명이론가로 미국 독립전쟁과 프랑스혁명 때
활약하였다. 《상식》으로 독립이 가져오는 이익을 펼쳐 영향을 끼쳤다. 독립전
쟁 때 《위기》를 간행, 민중의 사기를 고무하였다.

바쁜 자는 단지 마귀 하나로부터 유혹 받지만, 한가로
운 자는 수많은 마귀들로부터 유혹 당한다.

     – 토마스 풀러

어떤 것이 당신의 계획대로 되지 않는다고 해서 그것이 불필요한 것은 아니다.

― 에디슨

에디슨(1847~1931)

미국의 발명가. 특허수가 1,000종을 넘을 정도로 많은 발명을 하였고 특히 중요한 것은 전등의 발명이다. 전구 실험 중에 발견한 '에디슨 효과'는 20세기 들어와 열전자 현상으로서 연구되고, 진공관에 응용되어 전자공업 발달의 바탕이 되었다.

개선이란 무언가가 좋지 않다고 느낄 수 있는 사람들에 의해서만 만들어질 수 있다.

― 니체

니체(1844~1900)

실존 철학의 선구자로 강자의 군주 도덕을 찬미하였으며, 그 구현자를 초인(超人)이라 명명하였다. 근대의 극복을 위하여 '신은 죽었다.'고 선언하고, 피안적인 것에 대신하여 차안적인 것을 본질로 하는 생을 주장하는 허무주의에 의하여 모든 것의 가치 전환을 시도하였다. 저서에 《비극의 탄생》, 《차라투스트라는 이렇게 말했다》 등이 있다.

오늘 누군가가 그늘에 앉아 쉴 수 있는 이유는 오래 전에 누군가가 나무를 심었기 때문이다.   – 워런 버핏

나는 노아의 법칙을 위반했다. 비를 예측하는 것은 중요하지 않지만, 방주를 만드는 것은 중요하다.

– 워런 버핏

워런 버핏(1930~)
미국의 기업인이자 투자가이다. 뛰어난 투자 실력과 기부활동으로 인해 흔히 '오마하의 현인'이라고 불린다.

게으름은 즐겁지만 괴로운 상태다. 우리는 행복해지 기 위해 무엇인가 하고 있어야 한다.   – 마하트마 간디

마하트마 간디(1869~1948)
인도의 민족운동 지도자이자 인도 건국의 아버지이다. 남아프리카에서의 인 종 차별에 대한 투쟁으로 유명해졌으며 제1차 세계대전 이후 영국에 대해 반 영·비협력 운동 등의 비폭력 저항을 전개하였다.

성공하려고 아무리 열심히 노력해도 실패에 대한 두려움이 마음에 가득하다면, 노력하지 않게 되고 정진이 허사가 되어 성공은 불가능해질 것이다.

– 보두앵

보두앵(1930~1993)
벨기에 제5대 국왕. 제2차 세계대전 중 독일에 억류된 뒤 망명생활을 하였으며, 1951년 왕위에 올라 42년간 재위하였다.

성실함의 잣대로 스스로를 평가하라, 그리고 관대함의 잣대로 남들을 평가하라. – 존 미첼 메이슨

지식이 없는 성실은 허약하고 쓸모없다. 성실이 없는 지식은 위험하고 두려운 것이다. – 사무엘 존슨

사무엘 존슨(1709~1784)
영국의 시인·비평가. 《영어 사전》을 완성하였으며 《영국 시인전》 10권을 집필하였다. 작품에 교훈시 《욕망의 공허함》, 소설 《라셀라스》 따위가 있다.

우리가 계획한 삶을 기꺼이 버릴 수 있을 때만, 우리를 기다리고 있는 삶을 맞이할 수 있다. – 조세프 캠벨

절대 허송세월 하지 마라. 책을 읽든지, 쓰든지, 기도를 하든지, 명상을 하든지, 또는 공익을 위해 노력하든지, 항상 뭔가를 해라. – 토마스 아켐피스

토마스 아켐피스(1380~1471)
독일에서 태어나 1399년 아우구스티노회 수도원에 들어갔다. 생애의 대부분을 그곳에서 지내면서 많은 수양서와 전기를 썼다. 수도자의 영적 수업의 책으로 널리 읽히는 《그리스도를 본받아》의 저자이기도 하다.

할 일이 아무것도 없는 것은 즐겁지 않다. 할 일이 많은데 안하고 있는 것이 즐거운 것이다.

– 메리 윌슨 리틀

당신의 노력을 존중하라. 당신 자신을 존중하라. 자존감은 자제력을 낳는다. 이 둘을 모두 겸비하면, 진정한 힘을 갖게 된다.

– 클린트 이스트우드

클린트 이스트우드(1930~)
미국의 영화배우 겸 영화감독. 《석양의 무법자》, 《속 석양의 무법자》, 《더티해리》 등에 출연하여 큰 인기를 끌었다. 맬파소 프로덕션을 차려 《용서받지 못한 자》, 《앱솔루트 파워》 등의 영화를 제작하여 감독으로서도 높은 평가를 받았다.

나는 전투를 준비하면서 계획은 쓸모가 없지만 계획하는 것은 꼭 필요함을 항상 발견해왔다.

– 드와이트 아이젠하워

드와이트 아이젠하워(1890~1969)
미국의 정치가, 제34대 대통령. 1952년 대통령선거에서 민주당 A. E. 스티븐슨 후보를 물리치고 당선, 8년간 대통령을 지냈다. 아이크(Ike)라는 애칭으로 불렸다. 대통령 재임 중 국무장관 J. F. 덜레스와 부통령 R. M. 닉슨을 중용하여 수완을 발휘하였다.

무위란 아무것도 안하는 상태가 아니다. 무위란 무
슨 일이든 할 수 있도록 자유로운 상태다.

– 플로이드 델

플로이드 델(1887~1969)
미국 소설가이자 평론가. '시카고 그룹'의 일원으로 저널리즘에서 활약했다.
뉴욕에서 잡지 《매시스》, 《리버레이터》를 편집하고, 평화주의를 제창하다 체포
되었다.

두려움은 네거티브 필름이 현상되는 그 작은 암실
이다.

– 마이클 프리처드

숨을 들이쉬어라. 내쉬어라. 그리고 바로 이 순간이
네가 확실히 가지고 있고 네가 아는 유일한 순간임을
상기하라.

– 오프라 윈프리

오프라 윈프리(1954~)
미국의 유명한 방송인으로, 본인의 이름을 내건 '오프라 윈프리 쇼'는 세계적
으로 유명한 프로그램이다. 친숙한 고백적 형태의 미디어 커뮤니케이션을 만
들어낸 것에 신용을 얻으면서 그녀는 토크쇼 장르를 대중화 시키고 큰 변화
를 일으켰다.

이 세상의 유일한 악마는 우리 마음에서 날뛰고 있기에, 모든 전투는 마음속에서 이뤄져야 한다.

– 마하트마 간디

마하트마 간디(1869~1948)

인도의 민족운동 지도자이자 인도 건국의 아버지이다. 남아프리카에서의 인종 차별에 대한 투쟁으로 유명해졌으며 제1차 세계대전 이후 영국에 대해 반영·비협력 운동 등의 비폭력 저항을 전개하였다.

열정 없이 사느니 차라리 죽는 게 낫다. – 커트 코베인

커트 코베인(1967~1994)

1990년대 미국 얼터너티브 문화의 상징적인 존재였던 밴드인 너바나(Nirvana)의 보컬이자 기타리스트이다.

사람의 생명을 구하는 것은 오직 한 걸음을 내딛는 것이다. 그리고 또 한 걸음. 항상 같은 걸음일지라도 내딛어야 한다.

– 생텍쥐페리

우리가 하는 일은 바다에 붓는 한 방울의 물보다 하찮은 것이다. 하지만 그 한 방울이 없다면 바다는 그만큼 줄어들 것이다.

– 마더 테레사

마더 테레사(1910~1997)

유고슬라비아의 알바니아계 가정에서 태어나 1928년 로레토 수녀원에 들어갔다. 인도 콜카타에서 평생을 가난하고 병든 사람을 위해 봉사했다. '사랑의 선교수사회'를 설립했으며 1979년 노벨 평화상을 받았다.

나는 중요한 일을 이루려 노력할 때 사람들의 말에 너무 신경 쓰지 않는 것이 바람직하다는 사실을 깨달았다. 예외 없이 이들은 안 된다고 공언한다. 하지만 바로 이때가 노력할 절호의 시기이다.

– 캘빈 쿨리지

캘빈 쿨리지(1872~1933)

미국의 정치가로 주의회 의원·시장·부지사·주지사 등을 거쳐 대통령이 되었다. 정부 지출의 절감과 기업 규제의 완화, 세금감면 정책 등을 취하여 미국의 번영을 가져왔다.

열망을 실현하기 위해 명확한 계획을 세우고 즉시 시작하라. 준비가 됐건 아니건, 이 계획을 실행에 옮겨라.

– 나폴레온 힐

진지한 사람이라면 도덕성을 수양하기 위해 필요한 노력의 상당 부분이 바로 자신의 과거와 현재 행동으로 야기된 불쾌한 결과를 인정할 수 있는 용기라는 점을 안다.

– 존 듀이

존 듀이(1859~1952)
미국의 철학자이자 교육학자. 서민의 경험을 프래그머티즘에 의해 소화하여 보편적 교육학설을 창출하여 세계 사상계에 기여하였다. 대표적 저서로는 《논리학-탐구의 이론》, 《경험으로서의 예술》 등이 있다.

우리가 노력 없이 얻는 거의 유일한 것은 노년이다.

– 글로리아 피처

운동만으로도 정신적, 육체적 혜택을 얻을 수 있다. 하지만 운동할 때 정신을 집중하는 전략을 함께 채택한다면, 엄청난 정신적 혜택을 아주 빠르게 얻을 수 있다.

– 제임스 리피

나의 인생철학은 자신의 삶을 스스로 책임질 뿐만 아니라, 이 순간 최선을 다하면 다음 순간에 최고의 자리에 오를 수 있다는 것이다.

– 오프라 윈프리

오프라 윈프리(1954~)
미국의 유명한 방송인으로, 본인의 이름을 내건 '오프라 윈프리 쇼'는 세계적으로 유명한 프로그램이다. 친숙한 고백적 형태의 미디어 커뮤니케이션을 만들어낸 것에 신용을 얻으면서 그녀는 토크쇼 장르를 대중화 시키고 큰 변화를 일으켰다.

정당한 요구는 침묵으로 보여주는 행동이 뒤따라야 한다.

– 단테 알리기에리

영국인은 그들의 상황이 얼마나 나쁜지에 대해 듣고 싶어 하고 최악의 상황에 대해 듣고 싶어 하는 유일한 사람들이다.

– 윈스턴 처칠

윈스턴 처칠(1874~1965)

영국의 정치가 · 저술가. 제1차 세계대전 때 해군 장관 · 군수 장관 · 육군 장관을 지냈으며, 제2차 세계대전 중에 연립내각의 수상이 되어 전쟁을 승리로 이끌었다. 그림과 문필에도 뛰어나 《제2차 세계대전 회고록》으로 1953년 노벨 문학상을 받았다.

나는 필요가 발명의 어머니라고 생각하지 않는다. 내 생각의 발명은 무위 또는 나태함의 직접적인 결과다. 귀찮은 일을 피하기 위해서.

– 애거사 크리스티

애거사 크리스티(1890~1976)

영국의 추리소설 작가이다. 메리 웨스트매컷이란 필명으로 연애소설을 집필하기도 하였으나 그녀는 추리소설 장르에서 주목받는 작가로서 추리소설의 여왕이라 불린다.

세상은 오직 성공한 자의 자랑에만 관대하다.

– 존 블레이크

성공은 열심히 노력하며 기다리는 사람에게 찾아온다.

– 에디슨

에디슨(1847~1931)
미국의 발명가. 특허수가 1,000종을 넘을 정도로 많은 발명을 하였고 특히 중요한 것은 전등의 발명이다. 전구 실험 중에 발견한 '에디슨 효과'는 20세기 들어와 열전자 현상으로서 연구되고, 진공관에 응용되어 전자공업 발달의 바탕이 되었다.

운동은 체액을 발효시켜 적절한 통로로 보내고 그 여분을 없애며 이 신비로운 분배 과정을 통해 자연을 돕는데, 이 과정이 없다면 신체는 활력을 유지할 수 없고, 영혼은 유쾌함을 잃는다.

– 조지프 애디슨

조지프 애디슨(1672~1719)
영국 수필가 겸 시인이자 정치가. 유명한 문학자 단체 키트캣클럽의 회원으로 활동하기도 했으며 소꿉친구 R. 스틸과 함께 공동 창작한 《드 카바리》라는 작품에서의 시골 신사의 성격 묘사는 영국 근대소설 발전에 커다란 영향을 끼쳤다.

인성은 쉽고 조용하게 계발될 수 없다. 시련과 고통의 경험을 통해서만 영혼은 강해지고 야망이 고무되며 성공이 이루어질 수 있다.   – 헬렌 켈러

나는 한 인간에 불과하지만, 오롯한 인간이다. 나는 모든 것을 할 수는 없지만, 무엇인가 할 수 있다. 그러므로 나는 내가 할 수 있는 것을 기꺼이 하겠다.

    – 헬렌 켈러

헬렌 켈러(1880~1960)
시각과 청각 장애가 있는 미국의 작가 겸 활동가 겸 교육가이다. 헬렌은 진보적 사회운동을 실천한 사회주의 지식인이었다.

열정은 사람을 현재에 완전히 가둬서 그에게 시간은 매 순간이 단절된 '현재'의 연속이 된다.   – 수 핼펀

불운을 극복하는 유일한 것은 열심히 노력하는 것이다.   – 해리 골든

이 모든 과제는 취임 후 100일 안에 이뤄지지는 않을 것입니다. 1,000일 안에도 이뤄지지 않을 것이며, 현 정부의 임기 중에 끝나지도 않을 것이며, 어쩌면 우리가 지구상에 살아 있는 동안 이루지 못할 수도 있습니다. 하지만 시작합시다.

– 존 F. 케네디

존 F. 케네디(1917~1963)
미국의 정치가로 제35대 대통령을 지냈다. 소련과 부분적인 핵실험금지조약을 체결하였고 중남미 여러 나라와 '진보를 위한 동맹'을 결성하였으며 평화봉사단을 창설하기도 하였다.

이 정부에 참여한 장관들에게 말했던 대로 의회 여러분들에게 다시 말합니다. 저는 피, 수고, 눈물, 땀밖에 드릴 것이 없습니다.

– 윈스턴 처칠

윈스턴 처칠(1874~1965)
영국의 정치가 · 저술가. 제1차 세계대전 때 해군 장관 · 군수 장관 · 육군 장관을 지냈으며, 제2 차 세계대전 중에 연립내각의 수상이 되어 전쟁을 승리로 이끌었다. 그림과 문필에도 뛰어나 《제2차 세계대전 회고록》으로 1953년 노벨 문학상을 받았다.

매일 아침 하루 일과를 계획하고 그 계획을 실행하는 사람은, 극도로 바쁜 미로 같은 삶 속에서 그를 안내할 한 올의 실을 지니고 있는 것이다. 그러나 계획이 서 있지 않고 단순히 우발적으로 시간을 사용하게 된다면, 곧 무질서가 삶을 지배할 것이다.   – 빅토르 위고

빅토르 위고(1802~1885)
프랑스의 낭만파 시인, 소설가 겸 극작가. 낭만주의자들이 '세나클(클럽)'을 이루었다. 소설에는 불후의 걸작으로 꼽히고 있는 《노트르담 드 파리》가 있다. 그가 죽자 국민적인 대시인으로 추앙되어 국장으로 장례가 치러지고 팡테옹에 묻혔다.

인격은 꿈꾸듯 쌓을 수 있는 게 아니다. 망치로 두드리고 다듬듯 꾸준히 노력해 스스로 쌓아나가야 한다.

– 제임스 A. 프루드

어떤 재능 혹은 다른 재능으로 뛰어난 사람이 될 수
있도록 노력하라.　　　　　　　　　　　　　－ 세네카

세네카(BC 4~AD 65)
이탈리아 고대 로마 제정기의 스토아 철학자. 네로의 과욕에 위태로움을 느낀
나머지 62년 네로에게 간청하여 관직에서 은퇴하였으나, 65년 네로에게 역모
를 의심받자 스스로 혈관을 끊고 자살하였다. 스토아주의를 역설했다. 주요
작품으로 《노여움에 대하여》, 《자연학 문제점》 등이 있다.

노인이 젊은이에게 얘기하듯이 망자도 산자에게 이
야기하려고 노력한다면 좋을 텐데.　　　　－ 윌라 카서

가장 큰 실수는 능력 이상으로 친절하려 노력하는 것
이다.　　　　　　　　　　　　　　　　－ 월터 배젓

월터 배젓(1826~1877)
영국의 경제 · 정치학자, 문예비평가, 은행 · 금융론자. 1860년 《이코노미스트》
지의 편집 겸 지배인이 되어 평생 그 자리에 있었다.

그림에게는 나름의 삶이 있다. 나는 단지 그림이 삶을 살아갈 수 있게 노력하는 것뿐이다. – 잭슨 폴락

잭슨 폴락(1912~1956)
미국의 추상화가. 표현주의를 거쳐 격렬한 필치를 거듭하는 추상화를 창출했고 캔버스 위에 물감을 떨어뜨리는 액션페인팅 기법을 개발하여 세계 화단에 큰 영향을 끼쳤다.

지혜는 학교에서 배우는 것이 아니라 평생 노력해 얻는 것이다. – 아인슈타인

아인슈타인(1879~1955)
독일 태생의 이론 물리학자. 광양자설, 브라운 운동의 이론, 특수 상대성 이론을 연구하여 1905년 발표하였으며, 1916년 일반 상대성 이론을 발표하였다. 미국의 원자폭탄 연구인 맨해튼 계획의 시초를 이루었으며, 통일장 이론을 더욱 발전시켰다.

행운은 100퍼센트 노력한 뒤에 남는 것이다.

– 랭스턴 콜만

훌륭한 평판을 받는 법은 자신이 드러내고자 하는 모습이 되도록 노력하는 것이다. — 소크라테스

소크라테스(BC 470~BC 399)
고대 그리스의 철학자. 그때까지의 그리스 철학자들은 우주의 원리를 묻곤 했다. 소크라테스에서 비로소 자신과 자기 근거에 대한 물음이 철학의 주제가 되었다. 이런 의미에서 소크라테스는 내면(영혼의 차원) 철학의 시조라 할 수 있다.

탁월하다는 것은 아는 것만으로는 충분치 않으며 탁월해지기 위해, 이를 발휘하기 위해 노력해야 한다. — 아리스토텔레스

아리스토텔레스(BC 384~BC 322)
고대 그리스 철학자로 플라톤의 제자이다. 플라톤이 초감각적인 이데아의 세계를 존중한 것에 대해 아리스토텔레스는 자연물을 존중하고 이를 지배하는 원인들의 인식을 구하는 현실주의 입장을 취하였다.

나는 인간의 행동을 경멸하거나 탄식하거나 비웃지 않고 다만 이해하기 위해 끊임없이 노력해왔다.

– 스피노자

이해하려고 노력하는 행동이 미덕의 첫 단계이자 유일한 기본이다.

– 스피노자

스피노자(1632~1677)
네덜란드의 철학자. 데카르트 철학에서 결정적 영향을 받았다. '모든 것이 신이다.'라고 하는 범신론의 사상을 역설하면서도 유물론자·무신론자였다. 그의 신이란 그리스도교적인 인격의 신이 아니고, 신은 즉 자연이었기 때문이다.

우주를 이해하고자 하는 노력은 인생을 웃음거리보다 좀 더 나은 수준으로 높여주는 몇 안 되는 일 중 하나이며, 이러한 노력은 인간의 삶에 약간은 비극적인 우아함을 안겨준다.

– 스티븐 와인버그

스티븐 와인버그(1933~)
미국의 물리학자. 장(場)의 양자론에서 우주론에 이르기까지 다방면으로 연구했다. 약한상호작용(weak interaction)과 전자기적 상호작용에 대한 통일적 모형과 소립자의 통일모형을 제출했고, 양자색역학을 전개했다.

인간에게는 의식적인 노력으로 자신의 삶을 높일 능력이 분명히 있다는 것보다 더 용기를 주는 사실은 없다.

— 헨리 데이비드 소로우

헨리 데이비드 소로우(1817~1862)

미국 사상가 겸 문학자. 자연환경뿐만 아니라 사회문제에 대해서도 항상 민감한 반응을 보였다. 멕시코 전쟁에 반대하여 인두세(人頭稅)의 납부를 거절한 죄로 투옥당했으나, 그때 경험을 기초로 쓴 《시민의 반항》은 후에 간디의 운동 등에 커다란 영향을 주었다.

지도자의 첫 번째 의무는 특별한 노력 없이 자신이 사랑 받게 만드는 것이다. 어느 누구에게도, 심지어 스스로에게도 아부하지 않고 자연히 사랑 받는 것이다.

— 앙드레 말로

앙드레 말로(1901~1976)

20세기 중반 프랑스의 소설가 · 정치가. 전체주의가 대두하자 지드 등과 반파시즘 운동에 참가하였고, 드골 정권하에서 정보 · 문화 장관을 역임했다. 저서로는 《정복자》, 《인간의 조건》, 르포르타주 소설의 걸작 《희망》 등이 있다.

내 모든 영화는 어려움에 빠지는 모습을 중심으로 그려, 내가 평범한 키 작은 신사로 보이기 위해 필사적으로 노력할 기회를 준다.

– 찰리 채플린

나는 신과 평화롭게 지낸다. 다만 인간과 갈등이 있을 뿐이다.

– 찰리 채플린

찰리 채플린(1889~1977)
영국의 영화배우이자 영화 제작자로 명성을 쌓은 사람으로, 영국 런던 램베스에서 출생하여 고아원에서 어린 시절을 보냈다. 대표적인 작품에는 〈키드〉, 〈모던타임즈〉 등이 있다.

완벽을 위해 노력한다 할지라도 그 결과는 놀라울 정도로 다양한 불완전함이다. 너무도 다양한 방식으로 실패할 수 있는 우리의 다재다능함이 놀라울 뿐이다.

– 사무엘 맥코드 크로터스

아름다운 여자의 마음에 들려고 노력할 때는 1시간이 마치 1초처럼 흘러간다. 그러나 뜨거운 난로 위에 앉아 있을 때는 1초가 마치 1시간처럼 느껴진다. 그것이 바로 상대성이다.

– 아인슈타인

내 길을 비춰주고 매번 삶을 유쾌하게 직면하게끔 새로운 용기를 줬던 이상은 친절, 아름다움, 진실이었다. 인간의 노력, 소유, 외적인 성공, 사치 같은 진부한 요소들은 언제나 경멸스러웠다.

– 아인슈타인

아인슈타인(1879~1955)
독일 태생의 이론 물리학자. 광양자설, 브라운 운동의 이론, 특수 상대성 이론을 연구하여 1905년 발표하였으며, 1916년 일반 상대성 이론을 발표하였다. 미국의 원자폭탄 연구인 맨해튼 계획의 시초를 이루었으며, 통일장 이론을 더욱 발전시켰다.

사람은 혼자서 모든 것을 습득할 수 있다. 성격은 빼고.

– 마리 앙리 벨

세상에는 일곱 가지 죄가 있다. 노력 없는 부, 양심 없는 쾌락, 인격 없는 지식, 도덕성 없는 상업, 인성 없는 과학, 희생 없는 기도, 원칙 없는 정치가 그것이다.

– 마하트마 간디

마하트마 간디(1869~1948)
인도의 민족운동 지도자이자 인도 건국의 아버지이다. 남아프리카에서의 인종 차별에 대한 투쟁으로 유명해졌으며 제1차 세계대전 이후 영국에 대해 반영·비협력 운동 등의 비폭력 저항을 전개하였다.

확실한 목표의 견고함은 가장 필수적인 인격의 기반 중 하나며, 성공하기 위한 최고의 도구 중 하나다. 목표의 견고함이 없다면 천재는 모순의 미로 속에서 노력을 낭비하게 된다.

– 필립 체스터필드

필립 체스터필드(1694~1773)
영국 최대의 교양인이며 정치가. 케임브리지 대학에서 공부한 후, 젊은 나이에 국회의원에 선출되어 폭넓은 지식과 뛰어난 웅변으로 당시 정계를 주름잡았다. 또 계몽 사상가 볼테르나 A. 포프, J. 스위프트 등 작가·시인과 깊은 우정을 가진 것으로도 유명하다.

진실하며 권위 있는 예술가는 예술의 진실성을 찾기 위해 부단히 노력한다. 반면, 본능에 의지하는 무법 상태의 예술가는 자연스러움만을 좇는다. 전자는 예술의 정점에 이르며, 후자는 바닥으로 떨어지기 마련이다.

– 괴테

괴테(1749~1832)
독일 고전주의의 대표자로서 세계적인 문학가이며 자연연구가이다. 바이마르 공국의 재상으로도 활약하였다. 《빌헬름 마이스터의 편력시대》, 《파우스트》 등이 있다.

자신이 성공하는 내면의 그림을 마음속에 명확히 그리고 지울 수 없게 각인시켜라. 이 그림을 끈질기게 간직하라. 절대 희미해지도록 내버려두지 마라. 그대의 마음이 이 그림을 실현하기 위해 노력할 것이다. 당신의 상상 속에 어떠한 장애물도 두지 마라.

– 노먼 빈센트 필

꺼지지 않을 불길로 타올라라.　　　　　– 루이사 시게아

당신이 가질 수 있는 보물 중 좋은 평판을 최고의 보물로 생각하라. 명성은 불과 같아서 일단 불을 붙이면 그 불꽃을 유지하기가 비교적 쉽지만, 꺼뜨리고 나면 다시 그 불꽃을 살리기가 매우 어렵기 때문이다. 좋은 평판을 쌓는 방법은 당신이 보여주고 싶은 모습을 갖추기 위해 노력하는 것이다.　　　– 소크라테스

소크라테스(BC 470~BC 399)
고대 그리스의 철학자. 그때까지의 그리스 철학자들은 우주의 원리를 묻곤 했다. 소크라테스에서 비로소 자신과 자기 근거에 대한 물음이 철학의 주제가 되었다. 이런 의미에서 소크라테스는 내면(영혼의 차원) 철학의 시조라 할 수 있다.

인생은 위험의 연속이다.　　　　　– 다이앤 프롤로브

인류의 행동을 조사하는데 결혼만큼 자주 관찰되는 대상은 없다. 결혼은 자연의 명령이자 신의 섭리로 맺어짐에도 불구하고 종종 불행의 씨앗이 되며, 기혼자들은 결혼에 대한 후회와 더불어 우연이든 노력의 결과든 간에 결혼하지 않은 자들에 대한 부러움을 감출 길이 없다. – 사무엘 존슨

사무엘 존슨(1709~1784)
영국의 시인 · 비평가. 《영어 사전》을 완성하였으며 《영국 시인전》 10권을 집필하였다. 작품에 교훈시 《욕망의 공허함》, 소설 《라셀라스》 따위가 있다.

전쟁은 추악한 것이지만 가장 추악하지는 않다. 전쟁을 치를 만큼 가치 있는 것은 없다는 부패하고 타락한 도덕심과 애국심이야말로 훨씬 추악하다. 지키기 위해 싸울 것이 없는 사람, 자신의 안위보다 더 중요한 것이 없는 사람은 비참한 존재이다. 그보다 나은 사람의 노력으로 자유를 얻고 유지하지 않는 한 그에게는 자유로울 기회가 없다. – 존 스튜어트 밀

시작이 반이다.

— 아리스토텔레스

아리스토텔레스(BC 384~BC 322)
고대 그리스의 철학자로 플라톤의 제자이다. 플라톤이 초감각적인 이데아의
세계를 존중한 것에 대해 아리스토텔레스는 자연물을 존중하고 이를 지배하는
원인들의 인식을 구하는 현실주의 입장을 취하였다.

사업의 성공은 훈련과 절도, 고된 노력을 필요로 한다. 그러나 이런 것들에 지레 겁먹지만 않으면 성공의 기회는 오늘도 그 어느 때 못지않다.

— 데이비드 록펠러

어디를 가든지 마음을 다해 가라.

— 공자

공자(BC 552~BC 479)
중국 고대의 사상가, 유교의 시조. 최고의 덕을 인이라고 보았다. 인(仁)에 대한
공자의 가장 대표적인 정의는 '극기복례(克己復禮)' 곧 '자기 자신을 이기고
예에 따르는 삶이 곧 인'이라는 것이다. 그 수양을 위해 부모와 연장자를 공손
하게 모시는 효제(孝悌)의 실천을 가르치고, 이를 인의 출발점으로 삼았다.

이성이 열정보다 앞서야 한다.　　　　　　　　　－ 에피카르모스

에피카르모스(530?~BC 440)

그리스의 희극작가. 시칠리아풍 희극작가로 알려졌다. 시칠리아의 희극은 사
회적 풍자의 색채가 강한 아티카 희극에 비하여 단순한 해학을 주로 한 소극
(笑劇)에 불과했으나, 그는 이것에 '줄거리'를 도입하고 대사를 세련되게 만
들었다고 한다.

아무 하는 일 없이 시간을 허비하지 않겠다고 맹세하
라. 우리가 항상 뭔가를 한다면 놀라울 만큼 많은 일
을 해낼 수 있다.　　　　　　　　　　　　－ 토마스 제퍼슨

토마스 제퍼슨(1743~1826)

미국의 정치가이며 교육자, 철학자. 자유와 평등으로 건국의 이상이 되었던
1776년 7월 4일 독립선언문의 기초위원이었다. 1800년 제3대 대통령에 당선
되었고 1804년 재선되었다. 철학·자연과학·건축학·농학·언어학 등으로
많은 사람들에게 영향을 주어 '몬티첼로의 성인'으로 불리었다.

인생이 끝날까 두려워하지 마라. 당신의 인생이 시작조차 하지 않을 수 있음을 두려워하라.

– 그레이스 한센

가장 큰 위험은 위험 없는 삶이다.   – 스티븐 코비

스티븐 코비(1932~)
미국인으로서 코비 리더십센터의 창립자이자 프랭클린 코비사의 공동 회장이다. 그는 하버드대학에서 MBA 학위, 브리검영대학에서 박사학위를 받았고, 브리검영대학에서 조직행동학과 경영관리학 교수, 부총장 등을 역임하였다.

인간에게 유일한 위대함은 죽지 않는 것이다.

– 제임스 딘

제임스 딘(1931~1955)
미국의 영화배우로 《에덴의 동쪽》, 《이유 없는 반항》, 《자이언트》 등에 연이어 출연하며 큰 인기를 얻었으나, 교통사고로 짧은 영화인생을 마감하였다.

도전은 인생을 흥미롭게 만들며, 도전의 극복이 인생을 의미 있게 한다.

– 조슈아 J. 마린

도전을 받아들여라. 그러면 승리의 쾌감을 맛볼지도 모른다.

– 조지 S. 패튼

조지 S. 패튼(1885~1945)
미국의 육군 장군이다. 제2차 세계대전 중 노르망디 상륙 작전에서 큰 활약을 하였다. 1945년 12월 9일 자동차 사고로 독일 하이델베르크 병원에서 사망하였다.

위험은 자신이 무엇을 하는지 모르는 데서 온다.

– 워런 버핏

워런 버핏(1930~)
미국의 기업인이자 투자가이다. 뛰어난 투자 실력과 기부활동으로 인해 흔히 '오마하의 현인'이라고 불린다. 2010년 현재, 포브스 지는 버핏 회장을 세계에서 3번째 부자로 선정하였다.

위대한 업적은 대개 커다란 위험을 감수한 결과이다.

– 헤로도토스

헤로도토스(BC 484?~BC 425?)

그리스 역사가. 키케로가 '역사의 아버지'라고 불렀다. 페르시아 전쟁사를 다룬 《역사》를 썼는데, 《역사》에는 일화와 삽화가 많이 담겨 있으며 서사시와 비극의 영향을 받은 것으로 여겨진다. 그리스인 최초로 과거의 사실을 시가가 아닌 실증적 학문의 대상으로 삼았다.

그는 이성이라고는 쓸 줄 모르고, 열정만 내세운다.

– 키케로

키케로(BC 106~BC 43)

고대 로마의 문인·철학자·변론가·정치가. 보수파 정치가로서 카이사르와 반목하여 정계에서 쫓겨나 문필에 종사했다. 카이사르가 암살된 뒤에 안토니우스를 탄핵한 후 원한을 사서 안토니우스의 부하에게 암살되었다. 수사학의 대가이자 고전 라틴 산문의 창조자이다.

오늘 할 수 있는 일을 내일로 미루지 마라.

– 벤저민 프랭클린

벤저민 프랭클린(1706~1790)

미국의 과학자이자 정치가. 미국 '건국의 아버지' 중 한 명이자 미국의 초대 정치인 중 한 명이다. 그는 특별한 공식적 지위에 오르지는 않았지만 프랑스군과의 동맹에 있어 중요한 역할을 해, 미국 독립에 중추적인 역할을 했다.

모든 고귀한 일은 찾기 드문 만큼 하기도 어렵다.

– 스피노자

스피노자(1632~1677)
네덜란드의 철학자. 데카르트 철학에서 결정적 영향을 받았다. '모든 것이 신이다.' 라고 하는 범신론의 사상을 역설하면서도 유물론자·무신론자였다. 그의 신이란 그리스도교적인 인격의 신이 아니고, 신은 즉 자연이었기 때문이다.

아무런 위험을 감수하지 않는다면 더 큰 위험을 감수하게 될 것이다.

– 에리카 종

아무런 위험 없이 승리하는 것은 영광 없는 승리일 뿐이다.

– 피에르 코르네유

피에르 코르네유(1606~1684)
프랑스의 극작가. 《미망인》, 《루아얄 광장》 등의 풍속희극으로 주목을 받았으며 《거짓말쟁이》를 발표하여 몰리에르 이전에 문학적 희극을 확립했다는 평가를 받았다. 《시나》, 《폴리왹트》 등의 의지비극으로 불멸의 명성을 얻었으며 다수의 작품을 남겼다.

언제든 몸을 굽혀 아무것도 줍지 않을 수 있다는 사실을 기억하라.

– 찰리 채플린

이 세상에 열정 없이 이루어진 위대한 것은 없다.

– 게오르크 빌헬름

게오르크 빌헬름(1595~1640)
독일 브란덴부르크의 선제후(중세 독일에서 황제 선거의 자격을 가진 제후)이자 프로이센의 공작이다.

여러 가능성을 먼저 타진해 보라, 그런 후 모험을 하라.

– 헬무트 폰 몰트케

헬무트 폰 몰트케(1800~1891)
독일의 군인. 근대적 참모제도의 창시자이다. 프로이센-오스트리아 전쟁, 프로이센 - 프랑스 전쟁 등을 승리로 이끌며 활약하였다. 백작, 원수를 지냈다.

극히 조심한다는 방침이야말로 가장 위험한 것이다.

– 네루

불가능해 보이는 것은 불확실한 가능성보다 항상 더
낫다. — 아리스토텔레스

아리스토텔레스(BC 384~BC 322)
고대 그리스의 철학자로 플라톤의 제자이다. 플라톤이 초감각적인 이데아의
세계를 존중한 것에 대해 아리스토텔레스는 자연물을 존중하고 이를 지배하는
원인들의 인식을 구하는 현실주의 입장을 취하였다.

우리가 바로 이 시대의 유행이기 때문에 우리 자신으
로부터 탈피할 수 없다. — 커트 코베인

커트 코베인(1967~1994)
1990년대 미국 얼터너티브 문화의 상징적인 존재였던 밴드인 너바나
(Nirvana)의 보컬이자 기타리스트이다.

세상의 중요한 업적 중 대부분은, 희망이 보이지 않는
상황에서도 끊임없이 도전한 사람들이 이룬 것이다.

— 데일 카네기

계산된 위험은 감수하라. 이는 단순히 무모한 것과는 완전히 다른 것이다.

— 조지 S. 패튼

길게 보면 위험을 피하는 것이 완전히 노출하는 것보다 안전하지도 않다. 겁내는 자도 대담한 자만큼 자주 붙잡힌다.

— 헬렌 켈러

헬렌 켈러(1880~1960)
시각과 청각 장애가 있는 미국의 작가 겸 활동가 겸 교육가이다. 헬렌은 진보적 사회운동을 실천한 사회주의 지식인이었다.

다른 사람들이 할 수 있거나 할 일을 하지 말고, 다른 이들이 할 수 없고 하지 않을 일들을 하라.

— 아멜리아 에어하트

아멜리아 에어하트(1897~1937 실종)
미국의 여류비행사. 여성비행사로는 최초로 대서양을 건너고, 하와이에서 캘리포니아까지의 태평양 상공을 쉬지 않고 날아 '하늘의 퍼스트레이디'라는 별명을 얻기도 하였으나, 적도 주변을 도는 긴 항로를 이용한 세계일주 비행에 도전하였다가 실종되었다.

조금도 위험을 감수하지 않는 것이 인생에서 가장 위험한 일일 것이라 믿는다. — 오프라 윈프리

당신이 바라거나 믿는 바를 말할 때마다, 그것을 가장 먼저 듣는 사람은 당신이다. 그것은 당신이 가능하다고 믿는 것에 대해 당신과 다른 사람 모두를 향한 메시지다. 스스로에 한계를 두지 마라.

— 오프라 윈프리

여러분이 할 수 있는 가장 큰 모험은 바로 여러분이 꿈꿔오던 삶을 사는 것이다. — 오프라 윈프리

오프라 윈프리(1954~)
미국의 유명한 방송인으로, 본인의 이름을 내건 '오프라 윈프리 쇼'는 세계적으로 유명한 프로그램이다. 친숙한 고백적 형태의 미디어 커뮤니케이션을 만들어낸 것에 신용을 얻으면서 그녀는 토크쇼 장르를 대중화 시키고 큰 변화를 일으켰다.

난관은 낙담이 아닌 분발을 위한 것이다. 인간의 정신은 투쟁을 통해 강해진다.   – 윌리엄 엘러리 채닝

윌리엄 엘러리 채닝(1780~1842)
미국 유니테리언파 목사. 칼뱅주의에 반대하고 인간성에 있어서 신의 내재를 주장했다. 1925년 미국 유니테리언 협회를 조직하였다. 노예제도와 전쟁에 반대하였으며 문학적 독립선언인 《미국 국민문학론》을 썼다.

만약 당신이 한 번도 두렵거나 굴욕적이거나 상처 입은 적이 없다면, 그렇다면 당신은 아무런 위험도 감수하지 않은 것이다.   – 줄리아 소렐

이 세상에 위대한 사람은 없다. 단지 평범한 사람들이 일어나 맞서는 위대한 도전이 있을 뿐이다.

   – 윌리엄 프레데릭 홀시

앞서 가는 방법의 비밀은 시작하는 것이다. 시작하는 방법의 비밀은 복잡하고 과중한 작업을, 다룰 수 있는 작은 업무로 나누어 그 첫 번째 업무부터 시작하는 것이다.

– 마크 트웨인

마크 트웨인(1835~1910)
《톰 소여의 모험》을 쓴 미국 소설가. 사회 풍자가로서 남북전쟁 후에 사회 상황을 풍자한 《도금시대》와 에드워드 6세 시대를 배경으로 한 《왕자와 거지》 등을 썼다. 또 미국의 제국주의적 침략을 비판하고 반제국주의, 반전 활동에 열성적으로 참여했다.

자신은 위험을 무릅쓰고 하지 않을 행동을 충동질하는 이를 조심하라.

– 호아킨 세탄티

배우는 거부당하기 위해 헤맨다. 거부당하지 않으면 스스로를 거부한다.

– 찰리 채플린

사람을 판단하는 최고의 척도는 안락하고 편안한 시기에 보여주는 모습이 아닌, 도전하며 논란에 휩싸인 때 보여주는 모습이다.

– 마틴 루터 킹

마틴 루터 킹(1483~1546)

독일의 종교개혁자이며 신학 교수이다. 1517년에 로마 교황청이 면죄부를 마구 파는 데에 분격하여 이에 대한 항의서 95개조를 발표하여 파문을 당하였으나 이에 굴복하지 않고 종교개혁의 계기를 마련하였다. 1522년 비텐베르크 성에서 성경을 독일어로 완역하여 신교의 한 파를 창설하였다.

위인이나 위인의 조건에 대한 논쟁으로 시간을 낭비 말라. 스스로 위인이 되라!

– 마르쿠스 아우렐리우스 안토니우스

마르쿠스 아우렐리우스 안토니우스(BC 82?~BC 30)

고대 로마의 정치가로 옥타비아누스, 레피두스와 함께 제2차 삼두정치를 성립하였다. 동방원정에 전념하여 여러 주를 장악하고 군사·경제적으로 막강한 세력을 쌓았다. 이집트 여왕 클레오파트라를 아내로 삼고 옥타비아누스와의 악티움 해전에서 패하여 자살하였다.

할 말이 없을 때에는 가만히 있으라. 진정한 열정이 느껴질 때, 꼭 해야 할 말이 있을 때 그것을 정열을 다해 말하라.

– D. H. 로렌스

D. H. 로렌스(1885~1930)

영국의 소설가, 시인, 문학평론가이다. 1911년에 처녀작 <흰공작>을 발표한 이후 성(性)에 대한 소설을 여러 편 써서 비난을 받기도 했는데, 그의 작품 특색은 인간의 원시적인 성의 본능을 매우 중요시하는 데 있다. 주요 작품으로는 소설 《채털리 부인의 사랑》, 《아들과 연인》, 《무지개》 등이 있다.

마음의 역할은 욕망에 충실하는 것이다. 마음은 주인인 열정에 헌신해야 한다.

– 레베카 웨스트

너무 멀리 갈 위험을 감수하는 자만이 얼마나 멀리 갈 수 있는지 알 수 있다.

– T. S. 엘리엇

강한 신념이야말로 거짓보다 더 위험한 진리의 적
이다.
– 니체

나를 믿어라. 인생에서 최대의 성과와 기쁨을 수확
하는 비결은 위험한 삶을 사는 데 있다.   – 니체

괴물과 싸우는 사람은 그 과정에서 자신마저 괴물이
되지 않도록 주의해야 한다. 그리고 그대가 오랫동안
심연을 들여다볼 때 심연 역시 그대를 들여다본다.
– 니체

니체(1844~1900)

실존 철학의 선구자로 강자의 군주 도덕을 찬미하였으며, 그 구현자를 초인
(超人)이라 명명하였다. 근대의 극복을 위하여 '신은 죽었다.'고 선언하고, 피
안적인 것에 대신하여 차안적인 것을 본질로 하는 생을 주장하는 허무주의에
의하여 모든 것의 가치 전환을 시도하였다. 저서에 《비극의 탄생》, 《차라투스
트라는 이렇게 말했다》 등이 있다.

무릅써라! 그 어떤 위험도 무릅써라! 다른 이들의 말, 그들의 목소리에 더 이상 신경 쓰지 마라. 세상에서 가장 어려운 것에 도전하라. 스스로 행동하라. 진실을 대면하라.

— 케서린 맨스필드

케서린 맨스필드(1888~1923)

영국 소설가. 첫 번째 결혼이 며칠 만에 깨어지자 남성에게 버림받은 고독한 여성을 그린 《독일의 하숙에서》를 첫 발표했으며 '의식의 흐름' 수법을 쓰는 단편소설의 명수라 하여 자주 A. 체호프와 비교되었다. 문체는 여성다운 감성에 바탕을 둔 시적 산문이었으나, 장르는 시와 산문의 경계선 위에 있는 것이었다.

잘못된 열정을 통제하는 것보다는 배제하는 것이, 잘못된 열정에 휩싸인 후에 마음을 다잡는 것보다는 휩싸이지 않도록 하는 것이 더 쉽다.

— 세네카

세네카(BC 4~AD 65)

이탈리아 고대 로마 제정기의 스토아 철학자. 네로의 과욕에 위태로움을 느낀 나머지 62년 네로에게 간청하여 관직에서 은퇴하였으나, 65년 네로에게 역모를 의심받자 스스로 혈관을 끊고 자살하였다. 스토아주의를 역설했다. 주요 작품으로 《노여움에 대하여》, 《자연학 문제점》 등이 있다.

행동 계획에는 위험과 대가가 따른다. 하지만 이는 나태하게 아무 행동도 취하지 않는데 따르는 장기간의 위험과 대가에 비하면 훨씬 작다.   − 존 F. 케네디

존 F. 케네디(1917~1963)
미국의 정치가로 제35대 대통령을 지냈다. 소련과 부분적인 핵실험금지조약을 체결하였고 중남미 여러 나라와 '진보를 위한 동맹'을 결성하였으며 평화봉사단을 창설하기도 하였다.

난 위험에 대해 그리 많이 생각지 않는다. 난 그저 내가 하고 싶은 것을 할 뿐이다. 앞으로 나아가야 한다면, 나아가면 된다.   − 릴리언 카터

정열적인 사랑은 빨리 달아오른 만큼 빨리 식는다. 은은한 정은 그보다는 천천히 생기며, 헌신적인 마음은 그보다도 더디다.   − 로버트 스턴버그

다이아몬드를 찾는 사람이 진흙과 수렁에서 분투해
야 하는 이유는 이미 다듬어진 돌 속에서는 찾을 수
없기 때문이다.

– 헨리 윌슨

헨리 윌슨(1812~1875)
미국의 제18대 부통령으로, 1873년부터 1875년까지 부통령직에 있었다.

나는 모든 손가락을 모아 주먹을 쥐듯이 열정을 한데
모았다.

– 베티 데이비스

베티 데이비스(1908~1989)
미국 배우. 다감하고 지성적인 연기로 인정받았고 1931년부터 영화와 무대에
서 주연 여배우가 되었다. 미국 영화와 연극의 총 본산적 존재이다.

차분함이 몸에 밴 사람이 하루아침에 열정에 빠지면
그 감정의 폭발은 가장 폭력적인 사람이 갑자기 폭발
할 때보다도 더 인상 깊다.

– 마저리 앨링험

나무판자를 가져와 가장 얇은 부분을 찾아 드릴이 쉽게 들어가는 부분에 수많은 구멍을 뚫는 과학자들을 나는 견딜 수가 없다.

– 아인슈타인

아인슈타인(1879~1955)

독일 태생의 이론 물리학자. 광양자설, 브라운 운동의 이론, 특수 상대성 이론을 연구하여 1905년 발표하였으며, 1916년 일반 상대성 이론을 발표하였다. 미국의 원자폭탄 연구인 맨해튼 계획의 시초를 이루었으며, 통일장 이론을 더욱 발전시켰다.

나는 삶에서 언제나 치열함을 추구하라고, 삶을 만끽하라고 배웠다.

– 니나 베르베로바

일단 당신이 성공을 위해 자신과 가족이 치러야 할 대가를 인정하면 사소한 아픔, 경쟁자의 압력, 일시적 실패는 감내할 수 있다.

– 빈센트 롬바르디

5장

책을 사랑하는 지혜

그들의 가식적인 권위를 무너뜨려라. 그들의 도덕적 기준을 거부하라. 난장판과 무질서를 너의 트레이드마크로 만들어라. 가능한 한 많은 혼란과 분열을 야기하되 그들이 너를 산 채로 삼키게 놔두지는 마라.

– 시드 비셔스

시드 비셔스(1957~1979)
영국 펑크록 음악가이며, 펑크록 장르에 큰 영향을 끼친 그룹 섹스 피스톨즈의 베이시스트 로 가장 잘 알려져 있다.

20년 후 당신은, 했던 일보다 하지 않았던 일로 인해 더 실망할 것이다. 그러므로 돛을 올려라. 안전한 항구를 떠나 항해하라. 당신의 돛에 무역풍을 가득 담아라. 탐험하라. 꿈꾸라. 발견하라.

– 마크 트웨인

마크 트웨인(1835~1910)
《톰 소여의 모험》을 쓴 미국 소설가. 사회 풍자가로서 남북전쟁 후에 사회 상황을 풍자한 《도금시대》와 에드워드 6세 시대를 배경으로 한 《왕자와 거지》 등을 썼다. 또 미국의 제국주의적 침략을 비판하고 반제국주의, 반전 활동에 열성적으로 참여했다.

변화는 인간의 정신에 막대한 심리적 영향을 미친다. 두려워하는 자는 상황이 악화될까 봐 걱정하므로 위협적으로 느낀다. 희망에 찬 자는 상황이 나아질 것을 기대하므로 용기를 낸다. 자신 있는 사람에게 도전이란 더 나은 것을 만들기 위한 과정이기에, 분발의 계기가 된다.

– 킹 휘트니 주니어

인생을 돈벌이에만 집중하는 것은 야망의 빈곤을 보여주는 것이다. 네 스스로에게 너무 적은 것을 요구하는 것이다. 야망을 가지고 더 큰 뜻을 이루고자 할 때에야 비로소 진정한 자신의 잠재력을 실현할 수 있기 때문이다.

– 버락 오바마

버락 오바마(1961~)

미국의 정치가. 인권변호사 출신으로 일리노이 주 상원의원(3선)을 거쳐 연방 상원의원을 지냈으며, 2008년 제44대 미국 대통령에 당선됨으로써 미국 최초의 흑인 대통령이 되었다. 취임 후 핵무기 감축, 중동평화회담 재개 등에 힘써 2009년 노벨 평화상을 수상하였다.

공포를 느껴라, 그리고 그래도 도전하라.

– 수잔 제퍼스

제인 오스틴의 책에서 누락된 내용만으로도 책 한 권 없던 도서관을 꽤 좋은 도서관으로 만들 수 있을 것이다.

– 마크 트웨인

마크 트웨인(1835~1910)
《톰 소여의 모험》을 쓴 미국 소설가. 사회 풍자가로서 남북전쟁 후에 사회 상황을 풍자한 《도금시대》와 에드워드 6세 시대를 배경으로 한 《왕자와 거지》 등을 썼다. 또 미국의 제국주의적 침략을 비판하고 반제국주의, 반전 활동에 열성적으로 참여했다.

행복은 깊이 느끼고, 단순하게 즐기고, 자유롭게 사고하고, 삶에 도전하고, 남에게 필요한 사람이 되는 능력에서 나온다.

– 스톰 제임슨

중요한 것은 학습을 중단하지 않고, 도전을 즐기고, 애매모호함을 받아들이는 것이다. 종국에는 확실한 해답은 없기 마련이다.

- 마티나 호너

한 권의 책은 세계에 대한 하나의 버전이다. 그 버전이 마음에 들지 않으면 무시하든지 답례로 자신만의 버전을 제공하라.

- 살만 루슈디

살만 루슈디(1947~)
소설가이며 수필가이다. 그는 뭄바이에서 태어났으며 14살에 영국으로 유학을 떠났다. 부커상을 무려 세 차례나 수상한 《자정의 아이들》과 1988년에 발표되어 격렬한 비판을 받은 《악마의 시》로 유명하다. 2007년 기사 작위를 받았다.

독서할 때 당신은 항상 가장 좋은 친구와 함께 있다.

- 시드니 스미스

내가 우울한 생각의 공격을 받을 때 내 책에 달려가
는 일처럼 도움이 되는 것은 없다. 책은 나를 빨아들
이고 마음의 먹구름을 지워준다. — 몽테뉴

몽테뉴(1533~1592)
16세기 후반 프랑스의 광신적인 종교 시민전쟁의 와중에서 종교에 대한 관용
을 지지했고, 인간 중심의 도덕을 제창했다. 그러한 견해를 피력하기 위해, 또
는 좀 더 정확히는 그러한 견해가 자신에게 무엇을 의미하는가를 밝히기 위
해 에세이라는 문학 형식을 만들어냈다. 그의 《수상록》은 인간 정신에 대한
회의주의적 성찰과 라틴 고전에 대한 해박한 교양을 반영하고 있다.

책 없는 방은 영혼 없는 육체와도 같다. — 키케로

키케로(BC 106~BC 43)
고대 로마의 문인 · 철학자 · 변론가 · 정치가. 보수파 정치가로서 카이사르와
반목하여 정계에서 쫓겨나 문필에 종사했다. 카이사르가 암살된 뒤에 안토니
우스를 탄핵한 후 원한을 사서 안토니우스의 부하에게 암살되었다. 수사학의
대가이자 고전 라틴 산문의 창조자이다.

책으로 한 나라의 상당 부분을 다닐 수 있다.

— 앤드루 랭

나는 시종일관 그것의 일부를 읽는다.　　- 사무엘 골드원

독서가 정신에 미치는 효과는 운동이 신체에 미치는
효과와 같다.
　　　　　　　　　　　　　　　　　- 리처드 스틸

리처드 스틸(1672~1729)

영국의 언론인·정치가이다. 애디슨과 함께 《태틀러》 지, 《스펙테이터》 지, 《가
디언》 지를 발간하여 마음 훈훈한 에세이를 많이 썼다. 여러 종의 신문·잡지
를 발간하였고, 정치적으로는 휘그당을 지지하였다. 서민적 성격과 창조적 재
능을 타고나 영국 근대문학 확립에 크게 이바지했다.

책 한 권 읽기를 간절히 바라는 사람과 읽을 만한
책을 기다리다 지친 사람 사이에는 매우 큰 차이가
있다.
　　　　　　　　　　　　　　　　　- 체스터턴

체스터턴(1874~1936)

영국 언론인 겸 소설가. 보어전쟁에서의 국책비평 후기 빅토리아 왕조의 데카
당스 진상 규명 등에서 보여준 그의 통렬한 역설은 가히 '역설의 거장' 다운
면모가 있다. 주요 저서에는 《브라운 신부의 천진함》 등이 있다.

많은 책들이 우리를 무식하게 만들고 있다. – 볼테르

볼테르(1694~1778)
18세기 프랑스의 작가, 대표적 계몽사상가. 비극 작품으로 17세기 고전주의의
계승자로 인정되고, 오늘날 《자디그》, 《캉디드》 등의 철학소설, 역사 작품이
높이 평가된다. 백과전서 운동을 지원하였다.

건강 서적을 읽을 때 조심하라. 오타로 죽을 수도
있다.
  – 마크 트웨인

마크 트웨인(1835~1910)
《톰 소여의 모험》을 쓴 미국 소설가. 사회 풍자가로서 남북전쟁 후에 사회 상
황을 풍자한 《도금시대》와 에드워드 6세 시대를 배경으로 한 《왕자와 거지》
등을 썼다. 또 미국의 제국주의적 침략을 비판하고 반제국주의, 반전 활동에
열성적으로 참여했다.

나는 삶을 변화시키는 아이디어를 항상 책에서 얻
었다.
  – 벨 훅스

한 권의 책을 읽음으로써 자신의 삶에서 새 시대를
본 사람이 너무나 많다.　　　　　　　－ 헨리 데이비드 소로우

헨리 데이비드 소로우(1817~1862)
미국 사상가 겸 문학자. 자연환경뿐만 아니라 사회문제에 대해서도 항상 민감
한 반응을 보였다. 멕시코 전쟁에 반대하여 인두세(人頭稅)의 납부를 거절한
죄로 투옥당했으나, 그때 경험을 기초로 쓴 《시민의 반항》은 후에 간디의 운
동 등에 커다란 영향을 주었다.

이 책의 앞표지와 뒤표지는 너무 멀리 있다.

　　　　　　　　　　　　　　　　　　－ 앰브로즈 비어스

앰브로즈 비어스(1842~1914)
날카로운 비판으로 유명하며 대서양 연안의 저널리즘에서 활약하였던 미국의
저널리스트 겸 소설가. 단편소설의 구성에 있어 날카로운 필치로 최고라는 평
가를 받는다. 《삶의 한가운데서》, 《악마의 사전》 외 다수의 저서를 남겼다.

서점만큼 인간의 심성이 그토록 약해지는 곳이 어디
있는가?

　　　　　　　　　　　　　　　　　　－ 헨리 워드 비처

개를 제외하고 책은 인간의 가장 좋은 친구다. 개에 푹 빠져 있으면 독서를 할 수 없다.   – 그루초 마르크스

부당하게 잊혀지는 책은 있어도 과분하게 기억되는 책은 없다.   – 오든

오든(1907~1973)
미국 시인. 기법적으로 고대 영시풍의 단음절 낱말을 많이 써서 조롱이 섞인 경시와 모멸을 덧붙인 독특한 스타일을 만들어냈다. 주요 저서에는 《시집》, 《연설자들》 등이 있다.

한 시간 독서로 누그러지지 않은 걱정은 결코 없다.

– 샤를 드 스공다

단순히 읽기 시작했다는 이유만으로 결코 책을 끝까지 읽지 말라.   – 존 위더스푼

사실 우리는 힘을 얻기 위해 독서해야 한다. 독서하는 자는 극도로 활기차야 한다. 책은 손 안의 한 줄기 빛이어야 한다.

– 에즈라 파운드

에즈라 파운드(1885~1972)
미국의 시인. 이미지즘과 그 밖의 신문학 운동의 중심이 되어 엘리엇, 조이스를 소개하였다. 《피산 캔토스》로 보링겐 상을 받았다. 이백의 영역 《The Ta Hio》 등 다방면의 우수한 번역을 남겼다.

내가 이 도서관에 들어오면 내가 왜 여기서 나가는지 이해할 수가 없다.

– 마리 드 세비녜

때때로 독서는 생각하지 않기 위한 기발한 수단이다.

– 아서 헬프스

진정한 책을 만났을 때는 틀림이 없다. 그것은 사랑
에 빠지는 것과도 같다.　　　　　　　– 크리스토퍼 몰리

크리스토퍼 몰리(1890~1957)
미국 저널리스트이자 소설가. 1920~1930년대에는 《이브닝 포스트》 지와 《새
터데이 리뷰》 지에 박식과 기지가 넘치는 명문을 자주 기고하며 뉴욕의 문단
에서 활약하였다. 평론집, 시집, 소설이 다수 있으며, 특히 소설 《키티 포일》은
베스트셀러였다.

좋은 소설은 그 소설의 영웅에 대한 진실을 우리에게
알려준다. 그러나 나쁜 소설은 그 소설의 작가에 대
한 진실을 우리에게 알려준다.　　　　– G. K. 체스터턴

긴 하루 끝에 좋은 책이 기다리고 있다는 생각만으로
그날은 더 행복해진다.　　　　　　　– 캐슬린 노리스

도덕적 또는 비도덕적인 책이란 없다. 책은 잘 썼든
지 못 썼든지 둘 중 하나다.
– 오스카 와일드

오스카 와일드(1854~1900)

아일랜드 시인, 소설가 겸 극작가이자 평론가. '예술을 위한 예술'을 표어로
하는 탐미주의를 주창했고 그 지도자가 되었다. 주요 저서에는 미모의 청년
도리언이 쾌락주의의 나날을 보내다 악덕 한계점에 이르러 마침내 파멸한다
는 내용을 담은 장편소설 《도리언 그레이의 초상》 등이 있다.

좋은 책을 읽는 것은 과거 몇 세기의 가장 훌륭한 사
람들과 이야기를 나누는 것과 같다.
– 데카르트

데카르트(1596~1650)

프랑스의 철학자·수학자·물리학자. 근대철학의 아버지로 불리는 데카르트
의 형이상학적 사색은 방법적 회의에서 출발한다. '나는 생각한다, 고로 나는
존재한다.(cogito, ergo sum)'라는 근본 원리가 《방법서설》에서 확립되어, 이
확실성에서 세계에 관한 모든 인식이 유도된다.

항상 읽다 죽어도 멋져 보일 책을 읽으라.

– P. J. 오루크

가장 발전한 문명사회에서도 책은 최고의 기쁨을 준다. 독서의 기쁨을 아는 자는 재난에 맞설 방편을 얻은 것이다.

– 에머슨

에머슨(1803~1882)

미국 사상가 겸 시인. 자연과의 접촉에서 고독과 희열을 발견하고 자연의 효용으로서 실리·미·언어·훈련의 4종을 제시했다. 정신을 물질보다도 중시하고 직관에 의하여 진리를 알고, 자아의 소리와 진리를 깨달으며, 논리적인 모순을 관대히 보는 신비적 이상주의였다. 주요 저서에는 《자연론》, 《대표적 위인론》 등이 있다.

우연이 아닌 선택이 운명을 결정한다.

– 진 니데치

닫혀 있기만 한 책은 블록일 뿐이다.

– 토마스 풀러

읽는 것만큼 쓰는 것을 통해서도 많이 배운다.

– 액톤 경

내가 책을 좋아한다는 것을 알고 그는 내가 내 공작의 작위보다 더 소중히 여길 책들로 내 서재를 채워주었다.

– 셰익스피어

셰익스피어(1564~1616)

영국이 낳은 국민시인이며 현재까지 가장 뛰어난 극작가로 손꼽힌다. 오늘날에도 세계 여러 나라에서 그의 작품이 많이 공연되고 있다. 동료 극작가 벤 존슨은 셰익스피어를 일컬어 '한 시대가 아닌 만세를 위한' 작가라고 말할 정도로 뛰어난 시적 상상력, 인간성의 안팎을 넓고 깊게 꿰뚫어보는 통찰력, 놀랄 만큼 풍부한 언어의 구사, 매우 다양한 무대 형상화 솜씨 등에서 그를 따를 사람이 없다.

어느 나이가 지나면 독서할수록 마음은 창의성으로부터 멀어진다. 너무 많이 읽고 자기 뇌를 너무 적게 쓰면 누구나 생각을 게을리하게 된다.

– 아인슈타인

아인슈타인(1879~1955)

독일 태생의 이론 물리학자. 광양자설, 브라운 운동의 이론, 특수 상대성 이론을 연구하여 1905년 발표하였으며, 1916년 일반 상대성 이론을 발표하였다. 미국의 원자폭탄 연구인 맨해튼 계획의 시초를 이루었으며, 통일장 이론을 더욱 발전시켰다.

반박하거나 오류를 찾아내려고 책을 읽지 말고 이야기와 담화를 찾아내려고도 읽지 말며 단지 숙고하고 고려하기 위하여 읽으라. — 프랜시스 베이컨

프랜시스 베이컨(1561~1626)
영국 경험론의 비조이다. 데카르트와 함께 근세 철학의 개척자로 알려진다. 종래의 스콜라적 편견인 '우상'을 배척하고 새로운 과학과 기술의 진보에 어울리는 새로운 인식 방법을 제창, 실험에 기초한 귀납법적 연구 방법을 주장했다. 정치가로서 대법관에 취임했으나 수회죄로 실각했다. 저서는 《수상록》, 《학문의 진보》 등이다.

배움에 대한 애정과 세상을 등진 외딴 곳, 그리고 책이 주는 그 모든 달콤한 평온. — 롱펠로우

책은 가장 조용하고 변함없는 벗이다. 책은 가장 쉽게 다가갈 수 있고 가장 현명한 상담자이자, 가장 인내심 있는 교사이다. — 찰스 W. 엘리엇

종교서적이든 아니든 책을 크리스마스 선물로 주라.
책은 살찔 염려도 전혀 없고 죄책감에 시달리는 일도
거의 없고 영원히 개인 소장할 수 있다.　　– 레노어 허시

낡은 외투를 그냥 입고 새 책을 사라.　　– 오스틴 펠프스

한 문장이라도 매일 조금씩 읽기로 결심하라. 하루
15분씩 시간을 내면 연말에는 변화가 느껴질 것이다.

　　　　　　　　　　　　　　　　　　　– 호러스 맨

호러스 맨(1796~1859)

미국의 교육 행정가로 매사추세츠주의회 의원 및 의장을 역임하였고 캘리포
니아주 교육위원회를 창설하여 서기장을 지내며 공교육 행정조직을 확립하였
다. 하원 및 상원위원, 앤티옥 대학교의 초대 학장으로도 활약하였다.

이 페이퍼백은 매우 흥미롭지만 나는 이것이 양장본을 결코 대신하지 못할 것이라고 본다. 문을 고정시켜 놓는 기능이 매우 약하기 때문이다.   – 히치콕

히치콕(1899~1980)

영국 출생의 미국 영화감독. 스릴러 영화라는 장르를 확립하였으며 그 분야의 1인자이다. 《암살자의 집》, 《39계단》 등에서 심리적 불안감을 연출하는 '히치콕 터치'를 창출하였다. 《현기증》, 《사이코》, 《새》 등 순수 스릴러 영화를 제작하였고 TV 프로그램에 출연하기도 했다.

제대로 된 독서는 고독이 줄 수 있는 훌륭한 기쁨 중 하나이다.   – 해럴드 블룸

책이 천장에, 하늘에 닿는다. 내가 쌓은 책은 높이가 1마일은 된다. 내가 얼마나 이 책들을 사랑하는지! 내게 이 책이 얼마나 필요한지! 내가 이 책들을 읽을 때쯤이면 나는 긴 수염을 기르고 있을 것이다.

   – 아놀드 로벨

훌륭한 건축물을 아침 햇살에 비춰보고 정오에 보고 달빛에도 비춰보아야 하듯이, 진정으로 훌륭한 책은 유년기에 읽고 청년기에 다시 읽고 노년기에 또다시 읽어야 한다.

- 로버트슨 데이비스

중요한 것은 사랑을 받는 것이 아니라 사랑을 하는 것이었다.

- 서머싯 몸

내가 책을 읽을 때 눈으로만 읽는 것 같지만 가끔씩 나에게 의미가 있는 대목, 어쩌면 한 구절만이라도 우연히 발견하면 책은 나의 일부가 된다. - 서머싯 몸

서머싯 몸(1874~1965)

파리에서 출생하여 처음에는 킹스 칼리지 런던에서 의학을 공부하였으나, 뒤에 문학으로 전향하였다. 제1·2차 세계대전 때에는 정보기관원으로 활약하였으며, 그 체험을 소설화하기도 하였다. 작품으로는 《인간의 굴레》, 《달과 6펜스》, 《램버스의 라이자》 등의 소설과 《훌륭한 사람들》, 《순환》 등의 희곡이 있다.

책을 태우는 사람들과 합류하지 말라. 오류가 존재했다는 증거를 은폐함으로써 오류 자체를 은폐할 수 있을 것이라고 생각하지 말라. 도서관에 가서 모든 책을 읽는 것을 두려워하지 말라. – 드와이트 아이젠하워

드와이트 아이젠하워(1890~1969)

미국의 정치가, 제34대 대통령. 1952년 대통령선거에서 민주당 A. E. 스티븐슨 후보를 물리치고 당선, 8년간 대통령을 지냈다. 아이크(Ike)라는 애칭으로 불렸다. 대통령 재임 중 국무장관 J. F. 덜레스와 부통령 R. M. 닉슨을 중용하여 수완을 발휘하였다.

문학은 나의 이상향이다. 여기에서는 내 권리를 박탈 당하지 않는다. 감각의 어떠한 장애물(오감으로 감각하는 현실들)도 달콤하고 우아한 내 친구인 책들의 이야기로부터 나를 막지 않는다. 책들은 나에게 곤란하거나 어색해 하지 않고 이야기한다. – 헬렌 켈러

헬렌 켈러(1880~1960)

시각과 청각 장애가 있는 미국의 작가 겸 활동가 겸 교육가이다. 헬렌은 진보적 사회운동을 실천한 사회주의 지식인이었다.

어떤 책들은 맛보기용이고 어떤 책들은 삼키기 용이
며 몇몇 책들은 씹고 소화시키기용이다. 즉, 어떤 책
들은 일부만 읽으면 되고 어떤 책들은 다 읽되 호기
심을 가질 필요는 없으며 몇몇 책들은 완전하며 충실
하고 주의 깊게 읽어야 한다.   – 프랜시스 베이컨

프랜시스 베이컨(1561~1626)
영국 경험론의 비조이다. 데카르트와 함께 근세 철학의 개척자로 알려진다.
종래의 스콜라적 편견인 '우상'을 배척하고 새로운 과학과 기술의 진보에 어
울리는 새로운 인식 방법을 제창, 실험에 기초한 귀납법적 연구 방법을 주장
했다. 정치가로서 대법관에 취임했으나 수회죄로 실각했다. 저서는 《수상록》,
《학문의 진보》 등이다.

사귀는 친구만큼 읽는 책에도 주의하라. 습관과 성
격은 전자만큼이나 후자에게서도 영향을 받을 것이
기 때문이다.   – 팩스튼 후드

책의 수는 점점 늘어날 것이고, 사람은 책에서 무언가를 배우는 것이 우주 전체를 직접 연구하는 데서 배우는 것과 비슷한 정도로 어려워질 때가 올 것을 예견할 수 있다. 자연에 숨어 있는 진실의 일부를 탐구하는 것이 방대한 수의 책에 숨겨진 진실을 탐색하는 것과 비슷하게 편해질 것이다. — 드니 디드로

드니 디드로(1713~1784)
프랑스의 철학자·문학자. 18세기 프랑스의 대표적 계몽주의 사상가이다. 《맹인서간》에는 무신론의 경향을 나타냈으며 《백과전서》의 편찬에 평생을 바쳤다. 대표작은 《달랑베르의 꿈》, 《수도녀》 등이 있다.

죄를 미워하되 죄인은 사랑하라. — 마하트마 간디

마하트마 간디(1869~1948)
인도의 민족운동 지도자이자 인도 건국의 아버지이다. 남아프리카에서의 인종 차별에 대한 투쟁으로 유명해졌으며 제1차 세계대전 이후 영국에 대해 반영·비협력 운동 등의 비폭력 저항을 전개하였다.

사랑은 그저 미친 짓이다.

- 셰익스피어

셰익스피어(1564~1616)

영국이 낳은 국민시인이며 현재까지 가장 뛰어난 극작가로 손꼽힌다. 오늘날에도 세계 여러 나라에서 그의 작품이 많이 공연되고 있다. 동료 극작가 벤 존슨은 셰익스피어를 일컬어 '한 시대가 아닌 만세를 위한' 작가라고 말할 정도로 뛰어난 시적 상상력, 인간성의 안팎을 넓고 깊게 꿰뚫어보는 통찰력, 놀랄 만큼 풍부한 언어의 구사, 매우 다양한 무대 형상화 솜씨 등에서 그를 따를 사람이 없다.

더 많이 사랑하는 것 외에 다른 사랑의 치료약은 없다.

- 헨리 데이비드 소로우

헨리 데이비드 소로우(1817~1862)

미국 사상가 겸 문학자. 자연환경뿐만 아니라 사회문제에 대해서도 항상 민감한 반응을 보였다. 멕시코 전쟁에 반대하여 인두세(人頭稅)의 납부를 거절한 죄로 투옥당했으나, 그때 경험을 기초로 쓴 《시민의 반항》은 후에 간디의 운동 등에 커다란 영향을 주었다.

사랑 받고 싶다면 사랑하라, 그리고 사랑스럽게 행
동하라.

– 벤저민 프랭클린

벤저민 프랭클린(1706~1790)

미국의 과학자이자 정치가. 미국 '건국의 아버지' 중 한 명이자 미국의 초대
정치인 중 한 명이다. 그는 특별한 공식적 지위에 오르지는 않았지만 프랑스
군과의 동맹에 있어 중요한 역할을 해, 미국 독립에 중추적인 역할을 했다.

우리는 오로지 사랑을 함으로써 사랑을 배울 수 있다.

– 아이리스 머독

아이리스 머독(1919~1999)

영국의 여류 소설가다. 아일랜드의 더블린에서 태어났다. 옥스퍼드 대학 졸업
후, 오랫동안 모교에서 철학을 강의했다. 처음에는 <사르트르론>을 썼으나, 후
에는 소설 창작에 전념하여, 현대 영국의 대표적인 소설가 중 한 사람이 되었다.

사랑하는 것은 천국을 살짝 엿보는 것이다.

– 카렌 선드

사랑은 결정이 아니다. 사랑은 감정이다. 누구를 사랑할지 결정할 수 있다면 훨씬 더 간단하겠지만 마법처럼 느껴지지는 않을 것이다.

– 트레이 파커

트레이 파커(1969~)

아카데미상 후보에 오르고, 에미상을 수상한 미국의 만화영화 제작자, 시나리오 작가, 영화감독, 성우, 배우, 음악가이다. 그는 그의 친구인 맷 스톤과 더불어 《사우스 파크》를 같이 만든 저명한 만화영화 제작자이기도 하다.

여자는 남자에게서 받은 상처는 용서할 수 있지만 자신을 위해 하는 희생은 절대 용서하지 못한다.

– 서머싯 몸

서머싯 몸(1874~1965)

파리에서 출생하여 처음에는 킹스 칼리지 런던에서 의학을 공부하였으나, 뒤에 문학으로 전향하였다. 제1·2차 세계대전 때에는 정보기관원으로 활약하였으며, 그 체험을 소설화하기도 하였다. 작품으로는 《인간의 굴레》, 《달과 6펜스》, 《램버스의 라이자》 등의 소설과 《훌륭한 사람들》, 《순환》 등의 희곡이 있다.

사랑은 눈 먼 것이 아니다. 더 적게 보는 게 아니라 더 많이 본다. 다만 더 많이 보이기 때문에, 더 적게 보려고 하는 것이다.   — 랍비 줄리어스 고든

사랑의 첫 번째 의무는 상대방에 귀 기울이는 것이다.

         — 틸리히

틸리히(1886~1965)

독일의 신학자. 종교적 사회주의의 이론적 지도자로서 히틀러에 의해 추방되어 1933년 미국으로 망명했다. 그의 신학은 존재론적이었으며 또한 신학과 철학을 문답 관계로 보는 것이 특징이었다. 저서에 《조직신학》 등이 있다.

짝사랑처럼 땅콩버터 맛을 떨어뜨리는 것은 아무것도 없어.   — 찰스 M. 슐츠

찰스 M. 슐츠(1922~2000)

미국의 만화작가. 연재만화 《피너츠》의 작가로 유명하다. 주인공 찰리 브라운은 슐츠 자신의 경험에 바탕해 창조된 인물이었다. 이 만화는 텔레비전과 연극, 장편 만화영화로도 제작되었다.

사랑은 지성에 대한 상상력의 승리다.

– 헨리 루이스 멩켄

헨리 루이스 멩켄(1880~1956)

미국 문예비평가. 《아메리칸 머큐리》지를 창간했으며 미국 문화 전반에 대해 준엄하게 비판하는 한편 미국 문학의 독립을 주장해 신흥 문학 육성에 커다란 구실을 했다. 대표적인 저서로는 평론 《편견집》, 《아메리카어》 등이 있다.

욕망은 인간의 본질이다.

– 스피노자

스피노자(1632~1677)

네덜란드의 철학자. 데카르트 철학에서 결정적 영향을 받았다. '모든 것이 신이다.'라고 하는 범신론의 사상을 역설하면서도 유물론자·무신론자였다. 그의 신이란 그리스도교적인 인격의 신이 아니고, 신은 즉 자연이었기 때문이다.

진정한 사랑은 영원히 자신을 성장시키는 경험이다.

– M. 스캇 펙

사랑을 두려워하는 것은 삶을 두려워하는 것과 같으
며, 삶을 두려워하는 사람은 이미 세 부분이 죽은 상
태다.

– 버트런드 러셀

버트런드 러셀(1867~1935)

아일랜드 문예 부흥기에 지도적인 지위에 있었던 아일랜드의 시인 · 수필가 ·
저널리스트. 잡지 《아일랜드 가정》, 《아일랜드의 정치가》 등을 편집하였다. 주
요 저서에 시집 《귀로, 길가의 노래》, 희곡 《디어드리》 등이 있다.

강렬한 사랑은 판단하지 않는다. 다만 주기만 할 뿐
이다.

– 마더 테레사

마더 테레사(1910~1997)

1928년 로레토 수녀원에 들어간 후, 인도 콜카타에서 평생을 가난하고 병든
사람을 위해 봉사했다. '사랑의 선교수사회'를 설립했으며 1979년 노벨 평화
상을 받았다.

사랑은 증오의 소음을 덮어버리는 쿵쾅대는 큰 북소
리다.

– 마가릿 조

사랑을 하는 사람과 사랑을 받는 사람은 항상 따로
있다.
- 서머싯 몸

서머싯 몸(1874~1965)

파리에서 출생하여 처음에는 킹스 칼리지 런던에서 의학을 공부하였으나, 뒤에 문학으로 전향하였다. 제1·2차 세계대전 때에는 정보기관원으로 활약하였으며, 그 체험을 소설화하기도 하였다. 작품으로는 《인간의 굴레》, 《달과 6펜스》, 《램버스의 라이자》 등의 소설과 《훌륭한 사람들》, 《순환》 등의 희곡이 있다.

누군가를 사랑한다는 것은 자신을 그와 동일시하는
것이다.
- 아리스토텔레스

아리스토텔레스(BC 384~BC 322)

고대 그리스의 철학자로 플라톤의 제자이다. 플라톤이 초감각적인 이데아의 세계를 존중한 것에 대해 아리스토텔레스는 자연물을 존중하고 이를 지배하는 원인들의 인식을 구하는 현실주의 입장을 취하였다.

사랑이 없다면 결혼하지 말라. 다만, 당신이 진정한 사랑을 하고 있는지 살펴보라.

– 윌리엄 펜

윌리엄 펜(1644~1718)

영국의 신대륙 개척자. 찰스 2세에게 북아메리카의 델라웨어 강 서안의 땅에 대한 지배권을 출원하여 허가를 받자 그 땅을 펜실베이니아라 명명하고, 퀘이커교도를 중심으로 하는 자유로운 신앙의 신천지로 만들었다. 총독과 양원제 의회에 의한 정치를 실시하고, 그 스스로 총독이 되어 필라델피아를 건설, 인디언들과도 우호적으로 지냈다.

사랑은 눈으로 보지 않고 마음으로 보는 것이다.

– 셰익스피어

셰익스피어(1564~1616)

영국이 낳은 국민시인이며 현재까지 가장 뛰어난 극작가로 손꼽힌다. 오늘날에도 세계 여러 나라에서 그의 작품이 많이 공연되고 있다. 동료 극작가 벤 존슨은 셰익스피어를 일컬어 '한 시대가 아닌 만세를 위한' 작가라고 말할 정도로 뛰어난 시적 상상력, 인간성의 안팎을 넓고 깊게 꿰뚫어보는 통찰력, 놀랄 만큼 풍부한 언어의 구사, 매우 다양한 무대 형상화 솜씨 등에서 그를 따를 사람이 없다.

키스하는 두 사람은 항상 물고기처럼 보인다.

– 앤디 워홀

섹스는 역사상 가장 아무것도 아닌 일이다.

– 앤디 워홀

앤디 워홀(1928~1987)
미국 팝아트의 선구자. '팝의 교황', '팝의 디바'로 불린다. 대중미술과 순수
미술의 경계를 무너뜨리고 미술뿐만 아니라 영화, 광고, 디자인 등 시각예술
전반에서 혁명적인 변화를 주도하였다. 살아 있는 동안 이미 전설이었으며 현
대미술의 대표적인 아이콘으로 통한다.

서로를 용서하는 것이야말로 가장 아름다운 사랑의
모습이다.

– 존 셰필드

한 방향으로 깊이 사랑하면 다른 모든 방향으로의 사
랑도 깊어진다.

– 안네–소피 스웨친

당신이 은혜를 베푼 사람보다는 당신에게 호의를 베푼 사람이 당신에게 또 다른 호의를 베풀 준비가 되어 있을 것이다. — 벤저민 프랭클린

벤저민 프랭클린(1706~1790)

미국의 과학자이자 정치가. 미국 '건국의 아버지' 중 한 명이자 미국의 초대 정치인 중 한 명이다. 그는 특별한 공식적 지위에 오르지는 않았지만 프랑스 군과의 동맹에 있어 중요한 역할을 해, 미국 독립에 중추적인 역할을 했다.

내가 이해하는 모든 것은 내가 사랑하기 때문에 이해한다. — 톨스토이

톨스토이(1828~1910)

러시아 소설가이자 시인 · 개혁가 · 사상가. 러시아 문학과 정치에 지대한 영향을 끼쳤다. 도스토옙스키와 함께 19세기 러시아 문학을 대표하는 대문호이며 주요 작품으로는 《전쟁과 평화》, 《안나 카레니나》 등의 장편소설과 《이반 일리치의 죽음》, 《바보 이반》 등의 중편소설이 있다.

만유인력은 사랑에 빠진 사람을 책임지지 않는다.

– 아인슈타인

아인슈타인(1879~1955)

독일 태생의 이론 물리학자. 광양자설, 브라운 운동의 이론, 특수 상대성 이론을 연구하여 1905년 발표하였으며, 1916년 일반 상대성 이론을 발표하였다. 미국의 원자폭탄 연구인 맨해튼 계획의 시초를 이루었으며, 통일장 이론을 더욱 발전시켰다.

사랑으로 행해진 일은 언제나 선악을 초월한다. 사랑에 의해 행해지는 것 역시 언제나 선악을 초월한다.

– 니체

니체(1844~1900)

실존 철학의 선구자로 강자의 군주 도덕을 찬미하였으며, 그 구현자를 초인(超人)이라 명명하였다. 근대의 극복을 위하여 '신은 죽었다.'고 선언하고, 피안적인 것에 대신하여 차안적인 것을 본질로 하는 생을 주장하는 허무주의에 의하여 모든 것의 가치 전환을 시도하였다. 저서에 《비극의 탄생》, 《차라투스트라는 이렇게 말했다》 등이 있다.

아이들은 우리가 확신할 수 있는 유일한 형태의 불멸이다.

– 해브록 엘리스

얼마나 많이 주느냐보다 얼마나 많은 사랑을 담느냐
가 중요하다. — 마더 테레사

마더 테레사(1910~1997)
유고슬라비아의 알바니아계 가정에서 태어나 1928년 로레토 수녀원에 들어
갔다. 인도 콜카타에서 평생을 가난하고 병든 사람을 위해 봉사했다. '사랑의
선교수사회'를 설립했으며 1979년 노벨 평화상을 받았다.

인생에 있어서 최고의 행복은 우리가 사랑 받고 있음
을 확신하는 것이다. — 빅토르 위고

빅토르 위고(1802~1885)
프랑스의 낭만파 시인, 소설가 겸 극작가. 낭만주의자들이 '세나클(클럽)'을
이루었다. 소설에는 불후의 걸작으로 꼽히고 있는 《노트르담 드 파리》가 있다.
그가 죽자 국민적인 대시인으로 추앙되어 국장으로 장례가 치러지고 팡테옹
에 묻혔다.

사랑에 대한 여자의 열정은 전기 작가의 열정을 훨씬 뛰어넘는다.

- 제인 오스틴

과도한 사랑은 인간에게 아무런 명예나 가치도 가져 다주지 않는다.

- 에우리피데스

에우리피데스(BC 484?~BC 406)
고대 그리스의 3대 비극시인의 한 사람으로 사티로스극 《키클롭스》를 비롯한 19편의 작품이 전해진다. 아이러니를 내포한 합리적인 해석과 새로운 극적 수법으로 그리스 비극에 큰 변모를 가져왔다. 주로 인간 정념(情念)의 가공할 작용을 주제로 하였고 특히 여성 심리 묘사에 뛰어났다.

열정은 세상을 돌게 한다. 사랑은 세상을 좀 더 안전 한 곳으로 만들 뿐이다.

- 아이스 티

아이스 티(Ice-T)(본명 : Tracy Marrow, 1958~)
미국의 가수 겸 랩퍼이자, 배우이며 그래미어워드 수상자이다.

모두를 사랑하되, 몇 사람만 믿으라. 누구에게도 잘못을 저지르지 말라.

– 셰익스피어

셰익스피어(1564~1616)

영국이 낳은 국민시인이며 현재까지 가장 뛰어난 극작가로 손꼽힌다. 오늘날에도 세계 여러 나라에서 그의 작품이 많이 공연되고 있다. 동료 극작가 벤 존슨은 셰익스피어를 일컬어 '한 시대가 아닌 만세를 위한' 작가라고 말할 정도로 뛰어난 시적 상상력, 인간성의 안팎을 넓고 깊게 꿰뚫어보는 통찰력, 놀랄 만큼 풍부한 언어의 구사, 매우 다양한 무대 형상화 솜씨 등에서 그를 따를 사람이 없다.

사랑은 거부할 수 없게 열망을 받으려는 거부할 수 없는 열망이다.

– 로버트 프로스트

로버트 프로스트(1874~1963)

미국의 시인. 농장의 생활 경험을 살려 소박한 농민과 자연을 노래해 현대 미국 시인 중 가장 순수한 고전적 시인으로 꼽힌다. J. F. 케네디 대통령 취임식에 자작시를 낭송하는 등 미국의 계관시인적 존재였고 퓰리처상을 4회 수상했다.

나이가 들어도 사랑을 막을 수는 없다. 하지만 사랑은 노화를 어느 정도 막을 수 있다.   – 잔 모로

"왼손으로 악수합시다. 그쪽이 내 심장과 더 가까우니까."   – 지미 헨드릭스

지미 헨드릭스(1942~1970)
미국의 기타리스트로서 최고의 기타 연주자 중 한 명으로 손꼽힌다. 지미 헨드릭스 익스피리언스를 조직해 활동했고 이후 기타 연주 역사에 남을 앨범들을 연이어 발표했다. 흑인 특유의 감성을 기반으로 공격적이고 때로는 부드럽고 선율적인 명연주를 남겼다.

만약 우리가 어떻게 느꼈는지 남들에게 항상 말한다면 얼마나 끔찍할지 상상할 수 있나? 인생은 견딜 수 없을 만큼 견딜 만할 거다.   – 랜디 K. 멀홀랜드

나는 젊은이들이 결혼을 주제로 얘기하는 것에 거의 신경 쓰지 않는다. 결혼에 대해서 안 좋게 얘기하면 난 그냥 그 사람들이 아직 제 짝을 찾지 못해서 그런 다고 생각한다.

– 제인 오스틴

사랑은 모두가 기대하는 것이다. 사랑은 진정 싸우고, 용기를 내고, 모든 것을 걸 만하다.   – 에리카 종

오직 남을 위해 산 인생만이 가치 있는 것이다.

– 아인슈타인

아인슈타인(1879~1955)
독일 태생의 이론 물리학자. 광양자설, 브라운 운동의 이론, 특수 상대성 이론을 연구하여 1905년 발표하였으며, 1916년 일반 상대성 이론을 발표하였다. 미국의 원자폭탄 연구인 맨해튼 계획의 시초를 이루었으며, 통일장 이론을 더욱 발전시켰다.

사랑은 자신 이외에 다른 것도 존재한다는 사실을 어렵사리 깨닫는 것이다.

– 아이리스 머독

아이리스 머독(1919~1999)

영국의 여류 소설가다. 아일랜드의 더블린에서 태어났다. 옥스퍼드 대학 졸업 후, 오랫동안 모교에서 철학을 강의했다. 처음에는 <사르트르론>을 썼으나, 후에는 소설 창작에 전념하여, 현대 영국의 대표적인 소설가 중 한 사람이 되었다.

모든 사람이 마지막에는 엉뚱한 사람에게 굿나잇 키스를 하게 된다.

– 앤디 워홀

앤디 워홀(1928~1987)

미국 팝아트의 선구자. '팝의 교황', '팝의 디바'로 불린다. 대중미술과 순수 미술의 경계를 무너뜨리고 미술뿐만 아니라 영화, 광고, 디자인 등 시각예술 전반에서 혁명적인 변화를 주도하였다. 살아 있는 동안 이미 전설이었으며 현대미술의 대표적인 아이콘으로 통한다.

나는 내가 아픔을 느낄 만큼 사랑하면 아픔은 사라지고
더 큰 사랑만이 생겨난다는 역설을 발견했다.

– 마더 테레사

마더 테레사(1910~1997)
유고슬라비아의 알바니아계 가정에서 태어나 1928년 로레토 수녀원에 들어
갔다. 인도 콜카타에서 평생을 가난하고 병든 사람을 위해 봉사했다. '사랑의
선교수사회'를 설립했으며 1979년 노벨 평화상을 받았다.

낱말 하나가 삶의 모든 무게와 고통에서 우리를 해방
시킨다. 그 말은 사랑이다.　　　　　　– 소포클레스

소포클레스(BC 496~BC 406)
고대 그리스 3대 비극시인의 한 사람으로 정치가로서도 탁월한 식견을 지니
고 국가에 공헌하였다. 대표작은 《아이아스》, 《안티고네》 등이 있다. 상연 형
식도 연구하였으며, 합창단과 배우의 수를 늘려 성격을 부각시킴으로써 비극
적 긴박감을 높였다.

사랑은 있거나 없다. 가벼운 사랑은 아예 사랑이 아
니다.　　　　　　　　　　　　　　– 토니 모리슨

진정한 사랑은 모든 것을 끄집어낸다. 어느 새 매일
거울을 꺼내어 보고 있다. — 제니퍼 애니스턴

제니퍼 애니스턴(1969~)
미국의 배우이다. 1990년대 초기에는 잘 알려지지 않은 영화들과 TV 프로그
램에서 배역들을 맡다가, 큰 인기를 얻은 시트콤 《프렌즈》에서 레이첼 그린
역할을 맡으면서 큰 유명세를 얻게 되었다. 《프렌즈》를 통해 골든 글로브상과
에미상을 수상하기도 하였다.

두 사람이 만나는 것은 두 가지 화학 물질이 접촉하
는 것과 같다. 어떤 반응이 일어나면 둘다 완전히 바
꿔게 된다. — 카를 융

카를 융(1875~1961)
스위스의 정신과 의사. 정신분석의 유효성을 인식하고 연상실험을 창시하여,
S. 프로이트가 말하는 억압된 것을 입증하고, '콤플렉스'라 이름 붙였다. 분석
심리학의 기초를 세우고 성격을 '내향형'과 '외향형'으로 나눴다.

단지 누구를 사랑한다고 해서 무조건 감싸야 한다는 뜻은 아니다. 사랑은 상처를 덮는 붕대가 아니다.

– 휴 엘리어트

사랑에는 늘 어느 정도 광기가 있다. 그러나 광기에도 늘 어느 정도 이성이 있다.

– 니체

니체(1844~1900)

실존 철학의 선구자로 강자의 군주 도덕을 찬미하였으며, 그 구현자를 초인(超人)이라 명명하였다. 근대의 극복을 위하여 '신은 죽었다.'고 선언하고, 피안적인 것에 대신하여 차안적인 것을 본질로 하는 생을 주장하는 허무주의에 의하여 모든 것의 가치 전환을 시도하였다. 저서에 《비극의 탄생》, 《차라투스트라는 이렇게 말했다》 등이 있다.

우리를 인정해 주는 사람들을 어떻게 소중히 여기고 존경할까!

– 줄리 모건스턴

진실한 사람들의 결혼에 장애를 용납하지 않으리라.
변화가 생길 때 변하는 사랑은 사랑이 아니다.

– 셰익스피어

셰익스피어(1564~1616)
영국이 낳은 국민시인이며 현재까지 가장 뛰어난 극작가로 손꼽힌다. 오늘날
에도 세계 여러 나라에서 그의 작품이 많이 공연되고 있다. 동료 극작가 벤
존슨은 셰익스피어를 일컬어 '한 시대가 아닌 만세를 위한' 작가라고 말할
정도로 뛰어난 시적 상상력, 인간성의 안팎을 넓고 깊게 꿰뚫어보는 통찰력,
놀랄 만큼 풍부한 언어의 구사, 매우 다양한 무대 형상화 솜씨 등에서 그를
따를 사람이 없다.

그대들이 나만큼 인생에 대해 알게 되면 강박적인 사
랑의 힘을 과소평가하진 않을 것이다.   – J. R. R. 톨킨

J. R. R. 톨킨(1892~1973)
영국의 영어학 교수이자 작가이다. 톨킨은 인간 세계와는 다른 세계와 다른
종족을 만들어냈고, 이로써 현대 판타지 소설이라는 새로운 장르를 크게 발전
시켜 현대 판타지 문학의 아버지라 불리게 되었으며, 대표작으로는 《반지의
제왕》과 《호빗》 등이 있다.

사랑은 우리가 기꺼이 피우는 폭발하는 시가이다.

– 린다 배리

가장 흥분되는 것은 그것을 하지 않는 것이다. 만일 누군가와 사랑에 빠졌는데 결코 사랑을 하지 않으면, 훨씬 더 흥분된다.

– 앤디 워홀

앤디 워홀(1928~1987)

미국 팝아트의 선구자. '팝의 교황', '팝의 디바'로 불린다. 대중미술과 순수 미술의 경계를 무너뜨리고 미술뿐만 아니라 영화, 광고, 디자인 등 시각예술 전반에서 혁명적인 변화를 주도하였다. 살아 있는 동안 이미 전설이었으며 현대미술의 대표적인 아이콘으로 통한다.

마음에 대해 논할 때, 자기기만에 대해서는 할 말이 많다.

– 다이앤 프롤로브

위대한 봉사는 하나의 행위나 단 한 가지 실수로 없어질 수는 없다.

– 벤저민 디즈라엘리

우정이 바탕이 되지 않는 모든 사랑은 모래 위에 지은 집과 같다.

– 엘라 휠러 윌콕스

사랑하고 사랑 받는 것은 양쪽에서 태양을 느끼는 것이다.

– 데이비드 비스코트

아마도 사랑할 때 우리가 경험하는 감정은 우리가 정상임을 보여준다. 사랑은 스스로 어떤 사람이 되어야 하는지를 보여준다.

– 안톤 체호프

안톤 체호프(1860~1904)
러시아의 소설가 겸 극작가. 《지루한 이야기》, 《사할린섬》 외 수많은 작품을 써 사회에 큰 반향을 불러일으켰다. 객관주의 문학론을 주장하였고 시대의 변화와 요구에 대한 올바른 목소리를 전달하기 위해 저술활동을 벌였다. 《대초원》, 《갈매기》, 《벚꽃 동산》 등 많은 희곡과 소설을 남겼다.

사랑은 아름다운 여자를 만나서부터 그녀가 꼴뚜기
처럼 생겼음을 발견하기까지의 즐거운 시간이다.

– 존 배리모어

세상에는 빵 한 조각 때문에 죽어가는 사람도 많지만,
작은 사랑도 받지 못해서 죽어가는 사람은 더 많다.

– 마더 테레사

마더 테레사(1910~1997)
유고슬라비아의 알바니아계 가정에서 태어나 1928년 로레토 수녀원에 들어
갔다. 인도 콜카타에서 평생을 가난하고 병든 사람을 위해 봉사했다. '사랑의
선교수사회'를 설립했으며 1979년 노벨 평화상을 받았다.

나는 애정을 받을 엄청난 욕구와 그것을 베풀 엄청난
욕구를 타고났다.   – 오드리 헵번

정신이 명료함은 열정도 명료함을 뜻한다. 때문에 위
대하고 명료한 정신을 지닌 자는 열정적으로 사랑하
고, 자신이 사랑하는 대상을 분명히 안다.　　　– 파스칼

파스칼(1623~1662)
프랑스의 철학자·수학자. 근대 확률이론을 창시했고 압력에 관한 원리(파스
칼의 원리)를 체계화했으며 신의 존재는 이성이 아니라 심성을 통해 체험할
수 있다고 가르치는 종교적 독단론을 설파했다. 직관론에 바탕을 둔 그의 사
상은 루소와 앙리 베르그송 및 실존주의자 등 후세의 철학자들에게 상당한
영향을 끼쳤다.

당신이 행한 봉사에 대해서는 말을 아껴라. 허나 당
신이 받았던 호의들에 대해서는 이야기하라.　– 세네카

세네카(BC 4~AD 65)
이탈리아 고대 로마 제정기의 스토아 철학자. 네로의 과욕에 위태로움을 느낀
나머지 62년 네로에게 간청하여 관직에서 은퇴하였으나, 65년 네로에게 역모
를 의심받자 스스로 혈관을 끊고 자살하였다. 스토아주의를 역설했다. 주요
작품으로 《노여움에 대하여》, 《자연학 문제점》 등이 있다.

직원은 최고의 데이트 상대다. 당신이 마중 나갈 필요도 없고, 항상 소득 공제도 된다.　　　　　　－ 앤디 워홀

앤디 워홀(1928~1987)
미국 팝아트의 선구자. '팝의 교황', '팝의 디바'로 불린다. 대중미술과 순수 미술의 경계를 무너뜨리고 미술뿐만 아니라 영화, 광고, 디자인 등 시각예술 전반에서 혁명적인 변화를 주도하였다. 살아 있는 동안 이미 전설이었으며 현대미술의 대표적인 아이콘으로 통한다.

남들이 우리와 다르게 살아가고 행동하며 경험한다는 사실을 알고 이에 기뻐하는 것이 사랑 아니고 무엇이겠는가?　　　　　　　　　　　－ 니체

니체(1844~1900)
실존 철학의 선구자로 강자의 군주 도덕을 찬미하였으며, 그 구현자를 초인(超人)이라 명명하였다. 근대의 극복을 위하여 '신은 죽었다.'고 선언하고, 피안적인 것에 대신하여 차안적인 것을 본질로 하는 생을 주장하는 허무주의에 의하여 모든 것의 가치 전환을 시도하였다. 저서에 《비극의 탄생》, 《차라투스트라는 이렇게 말했다》 등이 있다.

사랑이란 서로 마주보는 것이 아니라 둘이서 똑같은 방향을 바라보는 것이라고 인생은 우리에게 가르쳐 주었다.

                                   – 생텍쥐페리

사랑은 끝없는 용서의 행위이며, 습관으로 굳어지는 상냥한 표정이다.

                                   – 해브록 엘리스

용기 있다는 것은 답례로 아무것도 기대하지 않고 누군가를 무조건적으로 사랑하는 것이다. 사랑을 그저 주는 것이다. 우리는 넘어지거나 쉽게 상처 받길 원치 않으므로 사랑하려면 용기가 필요하다.   – 마돈나

마돈나(1958~)
미국의 음악가, 배우이자 엔터테이너이다. 상업적인 뮤직비디오와 성적 매력으로 엄청난 인기를 얻게 되고, 팝의 여왕으로 불리는 그녀는 세계 수많은 여자 가수들의 우상으로 꼽히고 있다.

한 가지 위대한 일을 이루고자 노력한다면 그것이 불가능하다는 점을 깨닫게 될 것이다. 위대한 사랑을 가지고 작은 일들을 하는 것만이 가능하다. – 마더 테레사

마더 테레사(1910~1997)
유고슬라비아의 알바니아계 가정에서 태어나 1928년 로레토 수녀원에 들어갔다. 인도 콜카타에서 평생을 가난하고 병든 사람을 위해 봉사했다. '사랑의 선교수사회'를 설립했으며 1979년 노벨 평화상을 받았다.

행복한 결혼 생활에서 중요한 것은 서로 얼마나 잘 맞는가보다 다른 점을 어떻게 극복해 나가는가이다.

– 톨스토이

톨스토이(1828~1910)
러시아 소설가이자 시인·개혁가·사상가. 러시아 문학과 정치에 지대한 영향을 끼쳤다. 도스토옙스키와 함께 19세기 러시아 문학을 대표하는 대문호이며 주요 작품으로는 《전쟁과 평화》, 《안나 카레니나》 등의 장편소설과 《이반 일리치의 죽음》, 《바보 이반》 등의 중편소설이 있다.

정직은 서로의 피부 속까지 들어가서 살 만큼 가까워
질 수 있는 유일한 방법이다.　　　　– 로이스 맥마스터 부욜

사랑은 무엇보다도 자신을 위한 선물이다. – 장 아누이

장 아누이(1910~1987)
20세기 중엽 프랑스의 극작가. 작품으로는 《짐 없는 여행자》, 《앙티곤》, 《투우
사들의 왈츠》, 《종달새》, 《베케트》 등이 있다.

나는 아테네인도 아니요, 그리스인도 아니다. 나는
세계의 시민이다.　　　　　　　　　– 소크라테스

소크라테스(BC 470~BC 399)
고대 그리스의 철학자. 그때까지의 그리스 철학자들은 우주의 원리를 묻곤 했
다. 소크라테스에서 비로소 자신과 자기 근거에 대한 물음이 철학의 주제가
되었다. 이런 의미에서 소크라테스는 내면(영혼의 차원) 철학의 시조라 할 수
있다.

겁쟁이는 사랑을 드러낼 능력이 없다. 사랑은 용기 있는 자의 특권이다. — 마하트마 간디

마하트마 간디(1869~1948)
인도의 민족운동 지도자이자 인도 건국의 아버지이다. 남아프리카에서의 인종 차별에 대한 투쟁으로 유명해졌으며 제1차 세계대전 이후 영국에 대해 반영·비협력 운동 등의 비폭력 저항을 전개하였다.

우습게 들릴지 모르지만, 진정한 혁명가를 이끄는 것은 위대한 사랑의 감정이다. 이런 자질이 없는 혁명가는 생각할 수 없다. — 체 게바라

체 게바라(1928~1967)
아르헨티나 출생의 쿠바 정치가·혁명가. 멕시코에 머무르면서 쿠바혁명에 참가하였다. 볼리비아 산악지대에서 게릴라 부대를 조직하여 활동하다 붙잡혀 총살당했다.

실제로 느끼지 못하는 사랑을 느끼는 척하지 말라. 사랑은 우리가 좌지우지 할 수 없으므로. — 앨런 왓츠

한 사람이 다른 사람을 사랑하는 것. 이는 모든 일 중 가장 어려운 일이고 궁극적인 최후의 시험이자 증명이며, 그 외 모든 일은 이를 위한 준비일 뿐이다.

— 라이너 마리아 릴케

라이너 마리아 릴케(1875~1926)
《두이노의 비가》, 《오르페우스에게 바치는 소네트》 같은 작품으로 국제적인 명성을 얻었다. 그의 시는 시를 그 자체로서 존중하려는 하나의 주장으로써 스스로를 나타내고 있다.

멀리 있는 사람을 사랑하기는 쉽다. 가까이 있는 사람을 사랑하기란 항상 쉬운 것만은 아니다. 기아로부터 사람들을 구제하기 위해서 한 움큼의 쌀을 주는 것이 자신의 집에 있는 이의 외로움과 고통을 덜어주는 것보다 더 쉽다. 당신의 집에 사랑을 가져다주어라. 가정이야말로 우리의 사랑이 시작되는 곳이어야 하기 때문이다.

— 마더 테레사

마더 테레사(1910~1997)
유고슬라비아의 알바니아계 가정에서 태어나 1928년 로레토 수녀원에 들어 갔다. 인도 콜카타에서 평생을 가난하고 병든 사람을 위해 봉사했다. '사랑의 선교수사회'를 설립했으며 1979년 노벨 평화상을 받았다.

좋은 책을 읽지 않는 사람은 책을 읽을 수 없는 사람
보다 나을 바 없다.
– 마크 트웨인

마크 트웨인(1835~1910)
《톰 소여의 모험》을 쓴 미국 소설가. 사회 풍자가로서 남북전쟁 후에 사회 상
황을 풍자한 《도금시대》와 에드워드 6세 시대를 배경으로 한 《왕자와 거지》
등을 썼다. 또 미국의 제국주의적 침략을 비판하고 반제국주의, 반전 활동에
열성적으로 참여했다.

죽음은 인간이 받을 수 있는 축복 중 최고의 축복이다.
– 소크라테스

소크라테스(BC 470~BC 399)
고대 그리스의 철학자. 그때까지의 그리스 철학자들은 우주의 원리를 묻곤 했
다. 소크라테스에서 비로소 자신과 자기 근거에 대한 물음이 철학의 주제가
되었다. 이런 의미에서 소크라테스는 내면(영혼의 차원) 철학의 시조라 할 수
있다.

모든 작곡가들은 시간이 없어 적지 못한 아이디어를
잊어버리는데서 생기는 고뇌와 절망을 알고 있다.
– 헥터 베를리오즈

진실을 사랑하고 실수를 용서하라. — 볼테르

사랑이란 한 사람과 다른 모든 사람들 사이에 있는 차이를 심각하게 과장한 것이다. — 셰익스피어

공상 속의 사랑이 현실의 사랑보다 훨씬 좋다. 사랑하지 않는 것은 매우 자극적이다. 가장 자극적인 매력은 결코 만나지 않는 양극 간에 존재한다. — 앤디 워홀

앤디 워홀(1928~1987)
미국 팝아트의 선구자. '팝의 교황', '팝의 디바'로 불린다. 대중미술과 순수미술의 경계를 무너뜨리고 미술뿐만 아니라 영화, 광고, 디자인 등 시각예술 전반에서 혁명적인 변화를 주도하였다. 살아 있는 동안 이미 전설이었으며 현대미술의 대표적인 아이콘으로 통한다.